PICKWICK

STEPHEN KING

TORNO A PRENDERTI

Traduzione di Tullio Dobner

Sperling & Kupfer

Questo romanzo è un'opera di fantasia. Nomi, personaggi, luoghi e avvenimenti sono frutto dell'immaginazione dell'autore o sono usati in modo fittizio. Ogni rassomiglianza a fatti, luoghi o persone, realmente esistenti o esisitite, è puramente casuale.

«The Gingerbread Girl» è comparso originariamente sulla rivista *Esquire*, luglio 2007; la traduzione italiana «Torno a prenderti» è stata pubblicata da Sperling & Kupfer in appendice al romanzo *Blaze* (2007) e nella raccolta *Al crepuscolo* (2008).

www.pickwicklibri.it
www.sperling.it

Torno a prenderti
di Stephen King
Titolo originale dell'opera: *The Gingerbread Girl*

ISBN 978-88-6836-122-8

I edizione Pickwick novembre 2013

Anno 2023-2024-2025 - Edizione 16 17 18 19 20 21 22 23 24 25

1

DOPO la morte della bambina, Emily prese a correre. Prima solo fino in fondo al vialetto, dove sostava piegata in due artigliandosi le gambe appena sopra le ginocchia, poi fino in fondo all'isolato, poi giù, fino al Qwik-Pik di Kozy al termine della discesa. Lì comprava del pane o della margarina, magari una merendina al cioccolato, un Ho Ho o un Ring Ding, se altro non le veniva in mente. All'inizio tornava indietro camminando, ma poi prese a farla di corsa anche in senso inverso. Poi venne il momento di chiudere con le merendine. Fu sorprendentemente difficile. Non si era resa conto che lo zucchero alleviava il dolore. O forse le merendine erano diventate un feticcio. Fatto sta che alla fine gli Ho Ho diventarono no no. Le bastava correre. Henry diceva che il feticcio era la corsa e forse aveva ragione.

«Che cosa ne dice la dottoressa Steiner?» le chiese.

«La dottoressa Steiner dice di correre da scardinarmi, di mettere in circolo quelle endorfine.» Non aveva parlato della corsa a Susan Steiner, non l'aveva più vista dai funerali di Amy. «Dice che me lo scrive come ricetta, se vuoi.»

Raggirare Henry le era sempre stato facile. Anche dopo la morte di Amy. Possiamo fare un altro bambino, gli aveva detto seduta sul letto accanto a lui, che giaceva con le caviglie incrociate e le lacrime che gli scorrevano sulle guance.

Gli era stato di consolazione e andava bene così, ma non ci sarebbe stato un altro bambino, con il rischio incombente di trovarlo tutto grigio e immobile nella culla. Non ci sarebbero stati altri inutili tentativi di rianimazione, o la telefonata isterica al 911 con l'operatrice che ti raccomanda di parlare con calma, abbassi la voce, signora, non la capisco. Ma non era necessario che Henry lo sapesse e, almeno all'inizio, lei si sentiva propensa a consolarlo. Era convinta che il conforto e non il pane fosse il sostegno della vita. Forse alla lunga sarebbe stata più capace di trovarne anche per se stessa. Intanto aveva messo al mondo una bambina difettosa. Questo era il punto. Non avrebbe rischiato una seconda volta.

Poi cominciarono i mal di testa. Emicranie tremende. Così andò davvero da un dottore, ma fu il dottor Mendez, il loro medico generico, non Susan Steiner. Mendez le prescrisse una cosa che si chiamava Zomig. Prese l'autobus per recarsi all'ambulatorio di Mendez, poi andò di corsa alla farmacia. Dopodiché tornò a casa trotterellando – erano tre chilometri – e quando finalmente ci arrivò sentiva qualcosa come un forcone conficcato nel fianco, tra la prima costola e l'ascella. Si rifiutò di preoccuparsene. Quello era un dolore che sarebbe passato. E poi era sfinita e aveva voglia di dormire un po'.

Lo fece, per tutto il pomeriggio. Sullo stesso letto dove Amy era stata concepita e Henry aveva pianto. Quando si svegliò vide cerchi spettrali sospesi nell'aria, un segno sicuro che stava per subire una di quelle che aveva ormai battezzato «Famose Emicranie di Em». Prese una delle sue nuove pillole e, con sua sorpresa, per non dire choc, il mal di testa batté in ritirata con la coda tra le gambe. Prima rifugiandosi alla base del cranio, poi sparendo del tutto. Pensò che sarebbe stato bello se fosse esistita un pillola come quella anche per la morte di un bambino.

Pensò di dover esplorare i limiti della sua resistenza ed ebbe il sospetto che questo le avrebbe preso molto tempo. Non lontano da casa c'era un junior college con una pista di atletica in cenere. Cominciò ad andarci la mattina presto appena dopo che Henry era uscito per recarsi al lavoro. Henry non capiva la corsa. Il jogging sì, c'erano tante donne che lo facevano. Smaltire quei chiletti di troppo sul fondoschiena, impedire al girovita di aggiungere quel paio di centimetri. Ma Em non aveva chiletti di troppo sul fondoschiena e poi il jogging a lei non bastava più. Doveva correre, e forte. Solo correre forte serviva.

Parcheggiava di fianco alla pista e correva finché non ce la faceva più, finché la sua canotta con la scritta FLORIDA STATE UNIVERSITY era scura di sudore davanti e dietro e lei aveva le vertigini e qualche volta vomitava per la fatica.

Henry lo scoprì. Qualcuno la vide correre tutta sola alle otto del mattino e glielo riferì. Ne discussero. La discussione sfociò in un litigio di quelli che mandano a gambe all'aria un matrimonio.

«È un hobby», disse lei.

«Jodi Anderson ha detto che hai corso fino a cascare per terra. Ha temuto che tu avessi avuto un infarto. Questo non è un hobby, Em. Nemmeno un feticcio. È un'ossessione.»

E la guardò con rimprovero. Poi gli avrebbe lanciato il libro, ma fu quello a far scattare la molla. Lo sguardo di rimprovero. Non lo sopportava più. Con quella faccia lunga, era come avere in giro per casa una pecora. Ho sposato una Dorset grigia, pensò, e adesso è un continuo bee-bee-bee.

Ma tentò ancora una volta di essere ragionevole su qualcosa che in cuor suo sapeva privo di razionalità. Esisteva il pensiero magico; esisteva anche l'azione magica. Correre, per esempio.

«I maratoneti corrono fino a cascare per terra», disse.

«E tu hai intenzione di correre una maratona?»

«Forse.» Ma guardò altrove. Dalla finestra, il vialetto. Il vialetto la chiamava. Il vialetto portava al marciapiede e il marciapiede portava al mondo.

«No», disse lui. «Tu non correrai una maratona. Tu non hai nessuna intenzione di correre una maratona.»

E lei concluse – con quella sensazione di folgorante rivelazione che sa offrire l'ovvietà – che quella era l'essenza di Henry, la fottuta apoteosi di Henry. Nei sei anni del loro matrimonio lui era stato sempre perfettamente consapevole di ciò che lei pensava, sentiva, progettava.

Io ti ho consolato, pensò, non ancora infuriata ma cominciando a essere infuriata. Tu eri steso sul letto, a scioglierti in lacrime, e io ti ho consolato.

«La corsa è una classica reazione psicologica al dolore che provi», stava dicendo lui in quello stesso tono sapiente. «Si chiama rifiuto. Ma, tesoro, se non accetti il dolore che provi, non potrai mai...»

Fu quello il momento in cui lei afferrò l'oggetto più a portata di mano, che, caso vuole, era un'edizione tascabile di *Figlia del silenzio*. Era un libro che lei aveva affrontato e abbandonato, e allora si era messo a leggerlo Henry ed era ormai a circa tre quarti, a giudicare dal segnalibro. Ha persino i gusti di una Dorset grigia, pensò e glielo scagliò addosso. Lo colpì alla spalla. Lui la fissò con gli occhi sgranati, stupefatto, poi si lanciò su di lei. Probabilmente solo per abbracciarla, ma chi lo sa? Chi sa mai niente?

Se si fosse mosso un momento prima, l'avrebbe forse acchiappata per un braccio o un polso o anche solo per un lembo della maglietta. Ma l'istante di sbigottimento lo tradì. La mancò e lei era già in corsa, rallentando solo per raccogliere il marsupio dal tavolino nell'ingresso. Giù per il vialetto, verso il marciapiede. Poi giù per la discesa, dove per breve tempo aveva spinto una carrozzina con altre mamme che ora la evitavano. Questa volta non aveva intenzione né di fermarsi né di rallentare. Con addosso solo un paio di calzoncini, scarpe da tennis e una T-shirt con la scritta SALVATE LA CHEERLEADER, Emily corse nel mondo. Si agganciò il marsupio alla vita mentre scendeva di corsa per il pendio. E lo stato d'animo?

Euforia. Yu-huu totale.

Corse fino all'abitato (tre chilometri, ventidue minuti), senza fermarsi nemmeno quando aveva il semaforo rosso; se doveva aspettare, correva sul posto. All'angolo della Main con la Eastern la sorpassarono due ragazzi su una Mustang con la capottina abbassata: stava giusto cominciando la stagione da capottina abbassata. Uno dei due fischiò. Em gli mostrò il dito medio. Lui rise e applaudì mentre la Mustang accelerava giù per la Main.

Non disponeva di molti contanti, ma aveva un paio di carte di credito. Il pezzo forte era l'American Express, perché con quella poteva comprare traveller's cheque.

Si rese conto che non sarebbe tornata a casa, almeno per un po'. E quando quella conclusione le provocò una sensazione di sollievo – forse persino l'esaltazione che accompagna il fuggiasco – invece che dispiacere, sospettò che non fosse una cosa temporanea.

Entrò al *Morris Hotel* per usarne il telefono, poi decise lì per lì di prendere una stanza. Avevano niente di libero per una sola notte? Ce l'avevano. Diede all'impiegato la sua AmEx.

«Non sembra che abbia bisogno di un fattorino», commentò l'impiegato osservando la sua tenuta in T-shirt e calzoncini.

«Sono uscita di corsa.»

«Vedo.» Detto nel tono di voce che lasciava intuire che non vedeva affatto. Em prese la chiave e attraversò veloce l'ampia hall diretta agli ascensori, dominando l'impulso di correre.

2

VOLEVA comprare dei vestiti, un paio di gonne, un paio di maglie, due paia di jeans, un altro paio di short, ma prima di andare per negozi aveva due telefonate da fare: una a Henry e una a suo padre. Suo padre era a Tallahassee. Decise che fosse giusto chiamare prima lui. Non ricordava il numero del suo ufficio al parco macchine ma conosceva a memoria quello del suo cellulare. Le rispose al primo squillo. Sentì rombo di motori in sottofondo.

«Em! Come stai?»

La risposta a quella domanda sarebbe dovuta essere complessa, ma non lo fu. «Bene, papà. Ma sono al *Morris Hotel*. Credo di aver lasciato Henry.»

«Per sempre o è solo un periodo di prova?» Non sembrava sorpreso, era uno che prendeva le cose con filosofia, una qualità che lei adorava, però il rombo dei motori prima si affievolì e poi scomparve. Lo immaginò andare in ufficio, chiudere la porta, prendere forse in mano la fotografia di sua figlia che conservava nel caos della scrivania.

«Ancora non so. Al momento la prospettiva non sembra molto rosea.»

«Di che si è trattato?»

«Correre.»

«Correre?»

Lei sospirò. «Non proprio. Sai quando una cosa è in realtà tutt'altra cosa? O un sacco di altre cose?»

«La bambina.» Da quando era morta suo padre non l'aveva più chiamata Amy. Adesso era sempre solo «la bambina».

«E il modo in cui lo faccio. Che non è il modo in cui vorrebbe lui. Sono arrivata alla conclusione che voglio fare le cose a modo mio.»

«Henry è un brav'uomo», ribatté suo padre, «ma ha il suo modo di vedere le cose. Non c'è dubbio.»

Lei attese.

«Cosa posso fare?»

Lei glielo disse. Lui accettò. Lei sapeva che glielo avrebbe concesso, ma non prima di aver ascoltato tutta la storia. Ascoltare era la parte più importante e in questo Rusty Jackson era bravo. Da meccanico al parco macchine era adesso una delle quattro persone più importanti di tutto il campus di Tallahassee (e non lo aveva sentito dire da lui;

lui non avrebbe mai detto una cosa del genere né a lei né ad altri) e non lo sarebbe diventato senza ascoltare.

«Manderò Mariette a dare una pulita alla casa», disse.

«Non c'è bisogno, papà. Posso farlo io.»

«Lo voglio», insisté lui. «Una bella ripulita da cima a fondo ci vuole. È quasi un anno che quella stamberga è chiusa. Mi capita di rado di scendere a Vermillion da quando è morta tua madre. Sembra che riesca a trovarmi sempre qualcos'altro da fare quassù.»

Nemmeno la madre di Em era più Debra per lui. Dal giorno del funerale (cancro alle ovaie), era diventata semplicemente «tua madre».

Sicuro che non ti dispiaccia? quasi domandò Em, ma era una di quelle cose che si dicono a uno sconosciuto che si offre di farti un favore. O a un tipo diverso di padre.

«Ci vai a correre?» chiese lui. Lei avvertì un sorriso nella sua voce. «C'è tutta la spiaggia che vuoi e un bel pezzo di strada, anche. Come ben sai. E non dovrai farti largo a gomitate. Fra ora e ottobre, Vermillion è l'angolo più tranquillo del mondo.»

«Ci vado a pensare. E, credo, a mettere la parola fine al lutto.»

«Allora va bene così», disse suo padre. «Vuoi che ti prenoti il volo?»

«Posso farlo io.»

«Ma certo. Emmy, ma stai bene?»

«Sì.»

«Mi sembra che tu stia piangendo.»

«Un pochino», rispose lei e si asciugò il viso. «È successo tutto così in fretta.» Come la morte di Amy, avrebbe potuto aggiungere. L'aveva fatto da signorina perbene, non un solo segnale dal baby monitor. Esci senza far rumore, non sbattere la porta, le ripeteva spesso sua madre quando lei era piccola.

«Non è che Henry viene lì a infastidirti all'albergo, vero?»

Aveva avvertito una lieve, delicata esitazione prima di scegliere infastidirti, e sorrise nonostante le lacrime, che comunque erano già rotolate via. «Se mi stai chiedendo se c'è il pericolo che mi insegua per picchiarmi... non è nel suo stile.»

«Alle volte un uomo cambia stile quando sua moglie lo pianta in asso... quando scappa di casa correndo.»

«Non Henry», disse lei. «Non è uomo da atti violenti.»

«Sicura di non voler venir prima a Tallahassee?»

Esitò. Un po' lo desiderava, ma...

«Ho bisogno di un po' di tempo per conto mio. Prima di qualsiasi altra cosa.» E ripeté: «È successo tutto così in fretta». Anche se sospettava che si andasse preparando da qualche tempo. Si annidava forse addirittura nel DNA del suo matrimonio.

«D'accordo. Un bacio, Emmy.»

«Un bacio anche a te, papà. Grazie.» Deglutì. «Di cuore.»

Henry non gliela rese difficile. Henry non le chiese neppure da dove stesse chiamando. Henry disse: «Forse non sei la sola ad aver bisogno di starsene un po' per conto proprio. Forse è meglio così».

Lei dominò l'impulso di ringraziarlo, che percepì insieme come normale e assurdo. Le parve più opportuno tenere la bocca chiusa. Quello che lui disse subito dopo confortò la sua scelta.

«Chi hai chiamato? Il mago dei motori?»

Questa volta l'impulso a cui dovette resistere fu quello di chiedergli se lui avesse già telefonato a sua madre. Il pan per focaccia non aveva mai risolto nulla.

«Vado a Vermillion Key», annunciò, sperando di aver trovato un tono di voce imparziale. «Nella casa che ha mio padre laggiù.»

«La baracca del pescatore.» Quasi le parve di vederlo arricciare il naso. Come le merendine, le case di soli tre locali e senza box non avevano posto nell'universo di Henry.

«Ti chiamo quando sarò arrivata», disse Em.

Un silenzio prolungato. Lo immaginò in cucina, la testa appoggiata al muro, la mano che stringeva il ricevitore con tanta forza da sbiancare le nocche, a lottare per respingere la collera. Per via dei sei anni per lo più belli trascorsi insieme. Sperò che ce la facesse. Se davvero aveva visto giusto.

Quando lui parlò di nuovo, le sembrò calmo ma rassegnato. «Hai le carte di credito?»

«Sì. E non ne abuserò. Ma voglio la mia metà dei soldi per il college della...» S'interruppe morsicandosi il labbro. Per poco non aveva detto «bambina» e non era giusto. Forse lo era per suo padre, ma non per lei. Riprovò.

«La mia metà dei soldi per il college di Amy», disse. «Immagino che non sia molto, però...»

«È più di quel che pensi», rispose lui. Cominciava a essere seccato di nuovo. Avevano iniziato a mettere via i soldi non quando era nata Amy o quando Em era rimasta incinta, ma già quando avevano cominciato a provarci. I tentativi erano durati quattro anni e quando finalmente Emily era rimasta incinta, stavano ormai parlando di procreazione assistita. O adozione. «Quegli investimenti non sono stati solo buoni, ma benedetti dal cielo, specialmente le azioni nel settore informatico. Abbiamo investito al momento giusto e ce ne siamo tirati fuori nel momento migliore. Emmy, tu non vuoi portar via le uova da quel nido.»

Eccolo di nuovo a dirle che cosa lei voleva o non voleva fare.

«Ti farò avere un indirizzo al più presto possibile», ribatté. «Tu con la tua metà fai pure quello che ti pare, ma fammi avere la mia con un assegno circolare.»

«Corri ancora», disse lui, e sebbene quel tono da pulpito le facesse rimpiangere di non essere al suo cospetto per potergli scagliare addosso un altro libro, questa volta rilegato, tenne la bocca chiusa.

Alla fine lui sospirò. «Senti, Em, io me ne sto fuori per qualche ora. Vieni a casa a prendere i tuoi vestiti o quello che ti serve. E ti lascerò del contante sul comò.»

Per un momento ne fu tentata; poi ricordò che lasciare i soldi sul comò era quello che facevano gli uomini con le prostitute.

«No», rispose. «Voglio cominciare da zero.»

«Em.» Ci fu una lunga pausa. Intuì che era alle prese con le sue emozioni e quel pensiero le fece appannare di nuovo gli occhi.

«Finisce qui tra noi due, piccola?»

«Non lo so», gli disse facendo uno sforzo perché non le tremasse la voce. «Troppo presto per dirlo.»

«Se dovessi dire la mia», ribatté lui, «direi di sì. Oggi ha dimostrato due cose. Una è che una donna in buona salute può correre lontano.»

«Ti chiamo», disse lei.

«L'altra è che i bambini vivi per un matrimonio sono un collante. Quelli morti sono un acido.»

Quelle parole le fecero più male di qualsiasi altra cosa avesse potuto dire, perché riducevano Amy a una brutta similitudine. Em non l'avrebbe potuto fare. Pensava che mai ne sarebbe stata capace. «Ti chiamo», disse, e riappese.

3

Così Emily Owensby corse fino in fondo al vialetto di casa, poi giù alla discesa fino al Qwik-Pik di Kozy e poi sulla pista di atletica del Cleveland South Junior College. Corse al *Morris Hotel.* Corse fuori del suo matrimonio nel modo in cui una donna può saltar fuori da un paio di sandali quando decide di mollare e partire a testa bassa. Poi, con l'aiuto delle Southwest Airlines, corse a Fort Myers, in Florida, dove noleggiò un'automobile e proseguì a sud verso Naples. Vermillion Key giaceva stordita e semideserta sotto la luce cocente di giugno. Tre chilometri di strada costeggiavano la spiaggia dal ponte mobile fino al vialetto d'accesso di suo padre. In fondo al vialetto si ergeva la baracca da pescatore, una costruzione dall'aria trasandata all'esterno, con un tetto blu e persiane blu scorticate, accogliente e dotata di aria condizionata all'interno.

Quando spense il motore della sua Nissan a noleggio, i soli suoni che restarono furono il frangersi delle onde sulla spiaggia vuota e, nelle vicinanze, il ripetuto Uh-oh! Uh-oh! di un uccello allarmato.

Em abbassò la testa sul volante e per cinque minuti pianse, sfogando tutta la tensione e tutto l'orrore di quegli ultimi sei mesi. Provandoci, quanto meno. Non c'era nessuno a portata d'orecchio salvo l'uccello uh-oh. Quand'ebbe finito, si tolse la T-shirt e asciugò via tutto, muco, sudore, lacrime. Si ripassò ben bene fino all'orlo del liscio reggiseno sportivo grigio. Poi andò alla casa accompagnata dal crepitio di conchiglie e frammenti di corallo sotto le suole delle scarpe da tennis. Mentre si chinava a prendere la chiave dalla scatoletta di mentine nascosta dietro il simpatico-nonostante-tutto gnomo da giardino con il suo scolorito berretto rosso, si rese conto che da più di una settimana non aveva avuto uno dei suoi mal di testa. Ed era un bene, visto che il suo Zomig era a duemila chilometri.

Quindici minuti dopo, in calzoni corti e una delle vecchie maglie di suo padre, stava correndo sulla spiaggia.

Nelle tre settimane successive la sua fu una vita di disarmante semplicità. Per prima colazione beveva caffè e succo d'arancia, a pranzo mangiava enormi insalate e a cena divorava piatti pronti, il più delle volte maccheroni al formaggio o carne di manzo in salsa su pane tostato, che suo padre chiamava sbobba da caserma. I carboidrati le tornavano utili. Di mattina, quando l'aria era fresca, correva a piedi nudi in spiaggia, sul limitare dell'acqua, dove la sabbia era compatta e bagnata e quasi del tutto sgombra da conchiglie. Di pomeriggio, quando faceva caldo (con frequenti acquazzoni), correva sulla strada, che per quasi tutta la sua lunghezza era ombreggiata. Qualche volta la sorprendeva un rovescio. In quelle occasioni continuava a correre sotto la pioggia, spesso sorridendo, talvolta persino ridendo, e quando tornava a casa, si spogliava nell'ingresso e buttava gli indumenti fradici nella lavatrice che, molto opportunamente, si trovava a soli tre passi dalla doccia.

Cominciò con tre chilometri di spiaggia e un chilometro e mezzo di strada. Dopo tre settimane percorreva cinque chilometri in spiaggia e tre in strada. Rusty Jackson si compiaceva di chiamare il suo rifugio Little Grass Shack, un nome preso da qualche vecchia canzone. La casetta era all'estremità settentrionale e non ce n'era un'altra uguale su tutta Vermillion; il resto era stato occupato per intero dai ricchi, i super ricchi e, all'estremità sud, dove c'erano tre volgari villoni, gli assurdamente ricchi. Durante le corse in strada le succedeva alle volte di incrociare camioncini carichi di attrezzature da giardinaggio, ma raramente un'automobile. Le case davanti alle quali passava erano tutte chiuse, con la catena all'ingresso del vialetto, e così sarebbero rimaste almeno fino a ottobre, quando alla spicciolata sarebbero arrivati i primi proprietari. Cominciò a inventarsi nomi: quella con le colonne era Tara, quella dietro l'alta cancellata di ferro era Club Fed, quella grande, nascosta dietro un brutto muro grigio di cemento, era la Casamatta. La sola altra costruzione di piccole dimensioni, a cui facevano scudo palme nane e alberi del viaggiatore, era la Troll House, dove immaginava che gli inquilini stagionali vivessero di biscottini Troll.

In spiaggia vedeva alle volte i volontari della protezione delle tartarughe e in poco tempo prese a salutarli chiamandoli per nome. E loro, guardandola passare, le lanciavano un: «Ehi, Em!» in risposta. Raramente si imbatteva in altre persone, anche se una volta la sorvolò un elicottero a bassa quota. Il passeggero, un giovane, si sporse a salutarla con la mano. Em ricambiò, con il volto prudentemente nascosto dall'ombra del suo berretto della Florida University.

Faceva rifornimento al supermercato, qualche chilometro a nord sull'autostrada 41. Spesso tornando a casa si fermava alla rivendita di libri usati di Bobby Trickett, che occupava una costruzione molto più ampia del piccolo rifugio di suo padre ma era lo stesso una comune baracca da pescatore. Lì acquistava vecchi gialli in edizione tascabile di Raymond Chandler e Ed McBain, con le pagine marrone ai bordi e gialle all'interno, che profumavano di nostalgia come la vecchia Ford famigliare con i profili in legno che aveva scorto un giorno scendere per la 41 con due sedie da giardino legate al tetto e una malridotta tavola da surf che spuntava da dietro. Non aveva bisogno di comprare romanzi di John D. MacDonalds, dato che suo padre ne possedeva l'intera collezione nella sua libreria confezionata con cassette da arance.

Alla fine di luglio correva ormai una decina di chilometri al giorno, con i seni ridotti a due foruncoli e il sedere quasi scomparso del tutto, e aveva riempito due degli scaffali vuoti di suo padre con thriller più recenti. La sera la TV non veniva mai accesa, nemmeno per le previsioni del tempo. Il vecchio PC di suo padre rimaneva spento. Non acquistò mai un giornale.

Suo padre le telefonava ogni due giorni, ma smise di chiederle se voleva che si liberasse per andare a trovarla dopo che lei gli ebbe detto che, quando fosse stata pronta a vederlo, lo avrebbe informato. Nel frattempo, aveva dichiarato, non soffriva di tentazioni suicide (vero), non era nemmeno depressa (non vero) e mangiava. Tanto era bastato ad assicurare Rusty. Erano sempre stati franchi l'uno con l'altro. Emily sapeva poi che l'estate era per lui un periodo di lavoro più intenso: tutto quello che non si riusciva a fare quando il campus (che lui aveva sempre chiamato «lo stabilimento») brulicava di ragazzi doveva essere fatto tra il 15 giugno e il 15 settembre, quando c'erano solo gli studenti estivi e le eventuali conferenze accademiche che l'amministrazione fosse riuscita a organizzare.

Inoltre aveva un'amica. Melody, si chiamava. Era un argomento che Emily evitava, la faceva sentire strana, ma sapeva che Melody rendeva felice suo padre, così non mancava mai di chiedere di lei. Bene, rispondeva invariabilmente suo padre. Ed è un vero tesoro.

Una volta telefonò a Henry e una volta Henry telefonò a lei. La sera in cui la chiamò, Em fu quasi certa che fosse sbronzo. Le chiese di nuovo se tra loro fosse finita e lei gli disse di nuovo che non lo sapeva, ma era una bugia. Probabilmente una bugia.

La notte dormiva come in coma. All'inizio fece brutti sogni rivivendo in continuazione la mattina in cui avevano trovato Amy morta. In alcuni dei sogni la bimba era nera come una fragola marcita. In altri, ed erano sogni peggiori, trovava Amy boccheggiante e le salvava la vita con la respirazione bocca a bocca. Erano peggiori perché al risveglio doveva constatare che Amy era ancora morta come lo era stata il giorno prima. Si ridestò da uno di questi durante un temporale e scivolò nuda dal letto sul pavimento, piangendo con i gomiti puntati sulle ginocchia e i palmi delle mani che le spingevano le guance all'insù in un sorriso, mentre sul Golfo balenavano i fulmini disegnando sul muro fugaci composizioni blu.

Mentre si impegnava sempre di più, esplorando i favoleggiati limiti della resistenza fisica, i sogni cessarono o continuarono a manifestarsi nascosti all'occhio della memoria. Cominciò a svegliarsi sentendosi non tanto riposata quanto defaticata fin nel nocciolo della propria essenza e sebbene ogni giorno fosse fondamentalmente uguale al giorno prima, ciascuno cominciò a sembrarle una cosa nuova, con un'identità propria, invece di un'estensione della cosa vecchia. Un giorno si svegliò sentendo che la morte di Amy aveva cominciato a essere qualcosa che era accaduto invece di qualcosa che stava accadendo.

Decise che avrebbe chiesto a suo padre di venire a trovarla... e di portare anche Melody se lo desiderava. Avrebbe preparato loro una bella cenetta. Li avrebbe ospitati (che diamine, era di suo padre la casa). Dopodiché si sarebbe messa a riflettere su che cosa desiderava fare della sua vita reale, quella che presto avrebbe ripreso dall'altra parte del ponte mobile, che cosa desiderava conservare e che cosa voleva buttar via.

Avrebbe fatto quella telefonata presto, pensò. Di lì a una settimana. Due al massimo. Non era ancora il momento giusto, ma quasi. Quasi.

4

UN giorno quando da poco luglio era diventato agosto, Deke Hollis le disse che lei aveva compagnia sull'isola. Lui la chiamava «isola», mai key.

Deke era un uomo stagionato dalla vita all'aria aperta, cinquant'anni o magari settanta. Era uno spilungone che girava con in testa un vecchio cappello di paglia a forma di fondina rovesciata. Dalle sette del mattino fino alle sette di sera azionava il ponte mobile tra Vermillion e la terraferma. Questo dal lunedì al venerdì. Il sabato e la domenica lo sostituiva «il ragazzo» (il quale ragazzo aveva una trentina d'anni). Certe volte, arrivando di corsa al ponte e trovando seduto nella vecchia poltrona di bambù davanti alla guardiola il ragazzo al posto di Deke, a leggere *Maxim* o *Popular Mechanics* invece del *New York Times*, si stupiva di scoprire che fosse di nuovo sabato.

Quel pomeriggio però c'era Deke. Il canale tra

Vermillion e la terraferma – che Deke chiamava qualcosa come «gola» – era deserto e buio sotto un cielo scuro. Sul parapetto del ponte, dalla parte del Golfo, era appollaiato un airone, intento o a meditare o a perlustrare l'acqua in attesa di un pesce.

«Compagnia?» domandò Em. «Io non ho nessuna compagnia.»

«Non intendevo in quel senso. Pickering è tornato. Al 366. Ha portato una delle sue 'nipoti'.» E, per sottolineare quella parola, Deke alzò al cielo quei suoi occhi di un azzurro così slavato da essere quasi incolori.

«Io non ho visto nessuno.»

«No», convenne lui. «Ha attraversato il ponte un'ora fa sulla sua grossa Mercedes rossa, quando tu probabilmente ti stavi ancora allacciando le scarpe da tennis.» Si sporse in avanti al di sopra del giornale che crepitò contro il suo ventre piatto. Emily notò che aveva già compilato per metà il cruciverba. «Una nipote diversa ogni estate. Sempre giovani.» Fece una pausa. «Qualche volta due nipoti, una in agosto e una in settembre.»

«Non lo conosco», ribatté lei. «E non ho visto nessuna Mercedes rossa.» Nemmeno sapeva quale fosse la casa corrispondente al 366. Le case, quelle le notava, ma raramente faceva caso ai numeri civici. Eccettuato naturalmente il 219. Era il numero sulla cassetta per le lettere sormontata da una fila di uccellini di legno (quella era naturalmente la Voliera).

«Meglio così», disse Deke. Questa volta invece di alzare gli occhi al cielo, piegò all'ingiù gli angoli della bocca, come per un sapore cattivo. «Le porta giù con la Mercedes e poi le riporta a St. Petersburg sulla sua barca. Un grande yacht bianco. Il Playpen. È passato per la gola stamattina.» Gli angoli della sua bocca si piegarono di nuovo. In lontananza brontolò un tuono. «Così le nipoti si fanno un giro turistico della casa e poi una piccola crociera lungo la costa e noi non rivediamo Pickering fino a gennaio, quando su a Chicagoland si mette a far freddo davvero.»

Durante le sue corse mattutine in spiaggia a Em sembrava di aver visto una grande imbarcazione bianca da diporto ormeggiata a un molo, ma non ne era sicura.

«Tra uno o due giorni, magari una settimana, manderà giù un paio di tizi a prendere la Mercedes per riportarla dove la tiene dalle parti sue. Vicino all'aeroporto privato di Naples, immagino.»

«Dev'essere molto ricco», commentò Em. Era la conversazione più lunga che avesse mai avuto con Deke ed era interessante, ma per non sbagliare cominciò a correre sul posto. In parte perché non voleva che le si irrigidissero i muscoli, ma soprattutto perché il suo corpo glielo stava chiedendo.

«Ricco come Paperon de' Paperoni, ma io ho

l'impressione che Pickering spenda i suoi soldi. In maniere che forse zio Paperone non saprebbe nemmeno immaginare. Ho sentito dire che li ha fatti con i computer.» Gli occhi si levarono. «Una vera manna per parecchia gente, eh?»

«Sembrerebbe», rispose lei, continuando a saltellare. Questa volta il tuono si schiarì la gola con un po' più di autorità.

«So che sei ansiosa di rimetterti in moto, ma te l'ho detto per una ragione», spiegò Deke. Ripiegò il giornale, lo posò accanto alla vecchia poltrona di canna e vi mise sopra la tazza di caffè a fare da peso. «Io non sono solito sparlare di quelli che vivono sull'isola, molti di loro sono ricchi e se lo facessi non durerei a lungo, ma tu mi sei simpatica, Emmy. Te ne stai per conto tuo, ma senza puzza sotto il naso. E poi sono affezionato a tuo padre. Ci facciamo una birra assieme di tanto in tanto.»

«Grazie», disse lei. Era commossa. Poi un'idea la fece sorridere. «Mio padre ti ha chiesto di darmi un occhio?»

Deke scosse la testa. «No no, non lo avrebbe mai fatto. Non è nel suo stile. Però ti direbbe la stessa cosa che ti dico ora io: Jim Pickering è un tipo non molto raccomandabile. Io ci starei alla larga. Se ti invita a bere qualcosa a casa sua o anche solo a prendere un caffè con lui e la sua nuova 'nipote', risponderei di no. E se ti invitasse a un giro in barca con lui, decisamente direi di no.»

«Non mi interessa comunque andare in barca», disse lei. Le interessava piuttosto portare a termine il suo lavoro a Vermillion Key. Sentiva di esserci vicina. «E ora è meglio che torni a casa prima che si metta a piovere.»

«Non credo che comincerà prima delle cinque almeno», ribatté Deke. «Ma se dovessi sbagliarmi, mi vien da dire che per te farebbe lo stesso.»

Emily sorrise di nuovo. «Anche a me. A dispetto di quel che crede la gente, le donne non si sciolgono sotto la pioggia. Riferirò i tuoi saluti a mio padre.»

«Ci conto.» Si chinò a raccogliere il giornale, poi sostò a scrutarla da sotto quel suo ridicolo copricapo. «Come sta andando, comunque?»

«Meglio», rispose lei. «Ogni giorno meglio.» Si girò e cominciò la sua corsa di ritorno a Little Grass Shack. Mentre correva alzò la mano e proprio in quel momento l'airone che se ne stava appollaiato sulla ringhiera del ponte mobile la sorvolò con un pesce nel lungo becco.

Il numero 366 era quello della Casamatta e, per la prima volta da quando era arrivata a Vermillion, il cancello era socchiuso. Oppure era socchiuso già quando era passata per di lì diretta al ponte? Non ricordava, però è anche vero che per cronometrarsi aveva preso l'abitudine di portare un orologio, un cipollone con un grande display digitale. Probabilmente lo stava consultando proprio mentre ci passava davanti.

Quasi quasi tirava dritto – i tuoni si erano avvicinati – ma poi pensò che non indossava un costoso capo firmato, ma solo un completo sportivo di calzoncini e T-shirt con su la svirgolata della Nike. E poi che cosa aveva detto a Deke? Le donne non si sciolgono sotto la pioggia. Così rallentò, sterzò e andò a dare un'occhiata. Semplice curiosità.

Le parve che la Mercedes parcheggiata davanti alla casa fosse una 450 SL, perché ne aveva una così anche suo padre, sebbene la sua fosse ormai anzianotta mentre questa era più nuova che mai. Era color rosso ciliegia candita e scintillava nonostante il cielo coperto. Il bagagliaio era aperto. Da esso pendeva un ventaglio di lunghi capelli biondi. Nei capelli c'era del sangue.

Deke aveva forse detto che la ragazza di Pickering era bionda? Quella fu la sua prima domanda ed era così incredula, così maledettamente sbalordita, che non se ne sorprese. Le parve una domanda perfettamente logica e la risposta fu che Deke non lo aveva detto. Solo che era giovane. E che era una nipote. Con un'alzata d'occhi.

Il tuono rombò. Quasi direttamente sopra di lei ora. Davanti alla casa c'era solo quell'automobile (e la bionda nel bagagliaio, c'era anche lei). Anche la casa sembrava deserta: chiusa e sprangata e più

Casamatta che mai. Nemmeno l'ondeggiare delle palme ne addolciva l'aspetto. Era troppo grande, troppo cruda, troppo grigia. Era una brutta casa. Ebbe l'impressione di sentire un gemito. Senza nemmeno pensarci varcò il cancello e corse al bagagliaio aperto. Non era stata la ragazza nel bagagliaio a gemere. Aveva gli occhi aperti, ma era stata accoltellata in decine di posti e aveva la gola tagliata da un orecchio all'altro.

Rimase lì a guardarla, troppo scioccata per muoversi, troppo scioccata persino per respirare. Poi ebbe l'idea che fosse una finta ragazza morta, un elemento scenografico. Mentre la sua mente razionale le diceva che era una scemenza, la parte di lei specializzata in razionalizzazioni annuiva freneticamente. Stava persino confezionando un retroscena a sostegno della sua ipotesi. Deke aveva in antipatia Pickering e non gli andava il genere di compagnia femminile che si sceglieva? Ebbene, pensa un po', a Pickering non piaceva Deke! Quello che aveva davanti agli occhi era solo un elaborato brutto scherzo. Pickering avrebbe riattraversato il ponte con il bagagliaio volutamente socchiuso e quei finti capelli biondi che svolazzavano dietro la Mercedes e...

Ma ora c'erano odori che uscivano dal bagagliaio. Erano odori di feci e sangue. Emily toccò con la punta delle dita la guancia sotto uno di quegli occhi sbarrati. Era fredda, ma era pelle. Oh, mio Dio, era pelle umana.

Ci fu un rumore alle sue spalle. Un passo. Cominciò a voltarsi e qualcosa le si calò sulla testa. Non provò dolore, ma vide solo il mondo scomparire dietro un bianco lucente. Poi fu il buio.

5

QUANDO si svegliò, era legata a una seggiola con del nastro adesivo in una grande cucina piena di terribili oggetti d'acciaio: lavello, frigorifero, lavastoviglie, una batteria di fornelli che sembrava più adatta alla cucina di un ristorante. Il lato posteriore della sua testa inviava lunghe e lente onde di dolore al lato anteriore e ciascuna di esse sembrava dire: Ferma tutto! Ferma tutto!!

In piedi, al lavandino, c'era un uomo alto e snello in short color cachi e una vecchia maglia da golf di marca. La luce delle lampade al neon era impietosa ed Emily notò le profonde zampe di gallina all'angolo del suo occhio, la spruzzata di grigio sul lato dei capelli corti e ben curati. Lo giudicò sui cinquant'anni. Si stava lavando il braccio. Aveva un taglio poco sotto il gomito.

Girò la testa di scatto. Mostrò in quel movimento una rapidità animalesca che le fece provare un vuoto allo stomaco. I suoi occhi erano di un azzurro molto più intenso di quelli di Deke Hollis. In essi non scorse nulla che riconoscesse come segno di sanità mentale e il suo cuore sprofondò ancora di più. Per terra, sul pavimento dello stesso brutto grigio della facciata della casa, ma di piastrelle invece che di cemento, c'era una striscia scura e umida larga una spanna e mezzo. Pensò che dovesse essere sangue. Era molto facile immaginare i capelli della ragazza che lasciavano quella scia mentre Pickering la trascinava per i piedi verso qualche destinazione ignota.

«Sei sveglia», disse. «Bene. Pazzesco. Credi che volessi ucciderla? Io non volevo ucciderla. Aveva un coltello nascosto in un calzino! Le ho solo dato un pizzicotto su un braccio, niente di più.» Parve riflettere e, mentre lo faceva, si tamponò il taglio pieno di sangue con una manciata di tovaglioli di carta. «Be', anche a una tetta. Ma tutte le ragazze se lo aspettano. O dovrebbero. È una fase preparatoria. Oppure in questo caso, 'prepara-troia'.» Per due volte mimò le virgolette con l'indice e il medio di entrambe le mani. A lei sembrò che stesse cercando di giocare a il gatto e il topo con lei. Le sembrò anche pazzo. In verità non aveva dubbi sulle sue condizioni mentali. Un tuono squarciò il cielo sopra di loro, uno schianto assordante come un armadio che precipita. Em sussultò, per quanto le era possibile, legata com'era alla sedia, ma l'uomo davanti al lavandino in acciaio inossidabile non alzò nemmeno gli occhi. Era come se non avesse sentito. Spingeva in fuori il labbro inferiore.

«Così gliel'ho portato via. E poi ho perso la testa. Lo ammetto. La gente pensa che io sia la pacatezza fatta persona e io cerco di comportarmi di conseguenza. Davvero. Ce la metto tutta. Ma a chiunque può capitare di perder la testa. È questo che non vogliono capire. A chiunque. Date le circostanze giuste.»

L'acqua venne giù a catinelle come se Dio avesse azionato il Suo sciacquone personale.

«Chi può ragionevolmente presumere che tu sia qui?»

«Un sacco di gente.» Questa risposta uscì senza esitazioni.

Lui sfrecciò attraverso la cucina in un flash. Flash era la parola giusta. Un istante prima era al lavandino e immediatamente dopo era davanti a lei a colpirla al volto con tanta violenza da farle esplodere puntini bianchi davanti agli occhi. I puntini schizzarono in giro nell'aria disegnando sottili code di cometa. La sua testa saltò all'indietro. I capelli le volarono contro la guancia e sentì nella bocca il sapore del sangue che cominciava a scorrerle dal labbro inferiore spaccato. I denti le avevano lacerato il lato interiore del labbro, in profondità. Quasi da una parte all'altra, le sembrava. Fuori scrosciava la pioggia. Morirò mentre piove, pensò. Ma non lo credette. Forse non lo fa nessuno quando ci si trova realmente in quel momento.

«Chi sa?» Era chino su di lei e le urlava in faccia.

«Un sacco di persone», ripeté Em e invece di «sacco» disse sciacco perché le si stava gonfiando il labbro inferiore. E sentì il sangue che le gocciolava dal mento. Non le si stava però gonfiando la mente, nonostante dolore e paura. Sapeva che la sua unica speranza di sopravvivere era nel far credere a quell'uomo che, se l'avesse uccisa, lo avrebbero preso. Naturalmente lo avrebbero preso anche se l'avesse lasciata libera, ma di questo si sarebbe occupata in seguito. Un incubo per volta.

«Un sciacco di gente!» disse di nuovo in tono di sfida.

In un lampo lui fu di nuovo al lavandino e quando tornò aveva in mano un coltello. Piccolo. Con tutta probabilità quello che la ragazza morta aveva estratto dalla calza. Applicò la punta alla palpebra inferiore di Emily e tirò verso il basso. Fu allora che la sua vescica cedette, tutt'a un tratto, in una volta sola.

I lineamenti di Pickering si irrigidirono per un momento in un'espressione di moralistico disgusto, e tuttavia a lei parve anche compiaciuto. Si chiese di sfuggita come una persona potesse ospitare contemporaneamente nella mente due emozioni in così eclatante conflitto. Lui indietreggiò di mezzo passo, ma la punta del coltello non si mosse. Le pungeva ancora la pelle, tirando verso il basso la sua palpebra inferiore e simultaneamente spingendo dolcemente il globo oculare nell'orbita.

«Bello», disse. «Altra schifezza da tirar su. Ma me l'aspettavo. Già. E, come disse il saggio, c'è più spazio fuori che dentro. Così disse.» Rise, un singolo ah, poi si sporse di nuovo in avanti fissando i vividi occhi azzurri in quelli nocciola di lei. «Dimmi una persona che sa che sei qui. Non esitare. Non osare. Se esiti saprò che ti stai inventando qualcosa e ti cavo l'occhio e lo butto nel lavandino. Posso farlo. Perciò parla. Ora.»

«Deke Hollis», disse lei. Era una porcata, quella che stava facendo, una brutta porcata, ma è anche nient'altro che un riflesso. Non voleva perdere l'occhio.

«Chi altro?»

Non le venne in mente nessun nome, aveva la testa piena di un vuoto assordante, e gli aveva creduto quando lui le aveva detto che esitare le sarebbe costato l'occhio sinistro. «Nessuno, va bene?» gridò. Ma Deke sarebbe bastato. Sicuramente bastava una persona sola, a meno che fosse tanto pazzo da...

Lui ritrasse il coltello e, sebbene la sua visione

periferica non riuscisse a cogliervo, sentì affiorare in quel punto una minuscola perla di sangue. Non le importava. Era già contenta di avere ancora una visione periferica.

«D'accordo», disse Pickering. «D'accordo, d'accordo, bene, d'accordo.» Tornò al lavello e vi lasciò cadere dentro il coltellino. Lei cominciò a sentirsi meglio. Poi lui aprì uno dei cassetti di fianco al lavello e ne estrasse uno più grande, un coltello da carni lungo e appuntito.

«D'accordo.» Tornò da lei. Non aveva sangue addosso, nemmeno una macchiolina. Com'era possibile? Per quanto tempo era rimasta priva di sensi?

«D'accordo, d'accordo.» Si passò la mano libera in quella sua stupidamente costosa acconciatura. I capelli rimbalzarono immediatamente al loro posto. «Chi è Deke Hollis?»

«L'addetto al ponte», rispose lei. Le tremava la voce. «Abbiamo parlato di te. È per questo che mi sono fermata a guardare.» Ebbe un'ispirazione. «Lui ha visto la ragazza! Tua nipote, l'ha chiamata!»

«Sì, certo, le ragazze tornano sempre per mare, è tutto quello che sa lui. Tutto quello che sa al mondo. Un mondo pieno di impiccioni! Dov'è la tua macchina? Rispondimi subito o avrai il mio nuovo trattamento speciale, un'amputazione del seno. Rapida, ma non indolore.»

«Grass Shack!» Fu la sola cosa che le venne in mente di dire.

«Cosa sarebbe?»

«La casetta da pescatore in fondo alla key. È di mio padre.» Ebbe una seconda ispirazione. «Lui sa che sono qui!»

«Sì, sì.» Pickering non sembrava molto interessato. «Sì, d'accordo. Bene, alla grande. Mi stai dicendo che tu vivi qui?»

«Sì...»

Lui guardò i suoi pantaloncini che ora erano di un blu più scuro. «Corri, vero?» Lei non rispose, ma Pickering non sembrò prendersela. «Sì, tu sei una di quelli che corrono, come no. Guarda che gambe.» Incredibilmente si piegò in due, come inchinandosi al cospetto di un'altezza reale, e le baciò con uno schiocco vibrante la coscia destra appena sotto l'orlo dei calzoncini. Quando si rialzò, lei notò con un tuffo al cuore che gli si era gonfiata la patta. Brutto segno.

«Corri su e corri giù.» Disegnò un arco con la lama del coltello, come un direttore d'orchestra con la sua bacchetta. Era ipnotico. Fuori la pioggia non aveva smesso di scrosciare. Sarebbe andata avanti così per quaranta minuti, forse un'ora, poi sarebbe tornato il sole. Em si chiese se sarebbe stata ancora viva per vederlo. Pensava di no. Eppure le era difficile crederlo. Impossibile, per la verità.

«Corri su e corri giù. Su e giù. Ogni tanto ti fermi a fare due chiacchiere con il vecchio con il cappello di paglia, ma nessun altro.» Emily aveva paura, ma non tanto da non rendersi conto che non stava parlando a lei. «Così. Nessun altro. Perché non c'è nessun altro. Se qualcuno dei mangiafagioli che lavorano qui a piantare alberi e tagliare l'erba ti vedesse passare nella tua corsa pomeridiana, si ricorderebbe?»

La lama del coltello oscillava. Lui ne fissò la punta, quasi che la risposta al suo interrogativo fosse lì.

«No», disse. «No, e ti spiego perché. Perché tu sei solo una qualsiasi gringa ricca con la fregola della corsa. Ce ne sono dappertutto. Si vedono tutti i giorni. Maniache del fitness. Sempre tra le palle. Se non corrono a piedi, corrono in bici. Con in testa quei ridicoli caschi che sembravano vasi da notte. D'accordo? D'accordo. Di' le tue preghiere, Lady Jane, ma sbrigati. Ho fretta. Molta, molta fretta.»

Alzò il coltello all'altezza della spalla. Emily vide le sue labbra tendersi nell'anticipazione del colpo mortale. Il mondo intero le diventò improvvisamente nitido; ogni cosa spiccava di limpida lucentezza. Pensò: Sto arrivando, Amy. Poi, assurdamente, qualcosa che poteva aver sentito sul canale sportivo: In campo, piccola.

Ma lui si fermò. Si guardò intorno, proprio come se qualcuno avesse parlato. «Sì», disse. Poi: «Sì?» E poi: «Sì». Al centro della cucina c'era un'isola con il piano in laminato plastico. Vi lasciò cadere sopra il coltello invece di conficcarglielo in corpo.

«Tu stattene seduta lì», ordinò. «Non ti ucciderò. Ho cambiato idea. Si può anche cambiare idea. Da Nicole non ho avuto altro che una ferita al braccio.»

Sull'isola c'era l'avanzo di un rotolo di nastro adesivo. Lo prese. Un momento dopo era inginocchiato davanti a lei in una posizione che lo rendeva quanto mai vulnerabile, offrendole nuca e collo. In un mondo migliore, in un mondo più giusto, lei avrebbe intrecciato le dita delle mani e gliele avrebbe calate alla base della nuca, ma aveva le mani legate ai pesanti braccioli d'acero della sedia. Altro nastro adesivo le bloccò il busto contro lo schienale, strisce su strisce di nastro all'altezza della vita e appena sotto il seno. Le gambe le vennero fissate a quelle della sedia all'altezza delle ginocchia, dei polpacci (in alto o in basso) e delle caviglie. Era stato meticoloso.

Le gambe della sedia furono fissate con del nastro adesivo al pavimento e ora lui vi aggiunse altri strati, davanti e dietro di lei. Quand'ebbe finito, aveva esaurito il nastro. Si rialzò e posò l'anima di cartone sull'isola. «Ecco fatto», disse.

«Niente male. Bene. Tutto sistemato. Tu aspetta qui.» Doveva aver trovato qualcosa di divertente nelle proprie parole, perché piegò la testa all'indietro ed emise un'altra di quelle sue risatine mozze. «Non scapparmi via perché ti fai prendere dalla noia, eh? Devo andare a occuparmi del tuo vecchio amico ficcanaso e voglio farlo quando sta ancora piovendo.»

Questa volta andò in un lampo a una porta che era quella di un ripostiglio. Tirò fuori una mantella impermeabile gialla. «Sapevo che era qui da qualche parte. Tutti si fidano di un tizio in impermeabile. Non so perché. È uno di quei fatti misteriosi. D'accordo, ragazza mia, tu stattene lì buona.» Emise un'altra di quelle risate che somigliavano al latrato di un barboncino rabbioso e uscì.

6

QUANDO la porta d'ingresso si richiuse con un tonfo ed Emily fu certa che se ne fosse veramente andato, l'anomala lucentezza del giorno cominciò a ingrigire e capì di essere sul punto di perdere i sensi. Non poteva permetterselo. Se esisteva un aldilà e si fosse ritrovata a un certo momento di fronte a suo padre, come avrebbe giustificato a Rusty Jackson l'aver sprecato gli ultimi minuti di vita svenendo? Lui ne sarebbe stato deluso. Anche se si fossero incontrati in paradiso, con i piedi sprofondati tra le nuvole in mezzo agli angeli che suonavano la musica delle sfere (arrangiata per arpa), l'avrebbe deluso sapere che aveva buttato via la sua unica occasione in un mancamento vittoriano.

Emily si strofinò volutamente contro i denti la lacerazione all'interno del labbro inferiore... poi si morsicò spillando sangue fresco. Il mondo ritrovò tutta la sua vividezza. Il rumore del vento e della pioggia scrosciante crebbe come una musica strana.

Quanto tempo aveva? C'era meno di mezzo chilometro dalla Casamatta al ponte mobile. Per via dell'impermeabile e poiché non aveva sentito avviare il motore della Mercedes, doveva dedurre che ci fosse andato di corsa. Sapeva che la pioggia e i tuoni potevano aver celato il suono del motore, ma più che altro non credeva che avesse preso la sua macchina. Perché Hollis conosceva la Mercedes rossa e non vedeva di buon occhio l'uomo che la guidava. La Mercedes rossa avrebbe potuto mettere Deke in guardia. Emily pensava che Pickering non potesse non averlo calcolato. Pickering era pazzo – per metà del tempo aveva parlato da solo, ma almeno in qualche momento si era rivolto a qualcuno che lui vedeva ma lei no, un invisibile complice dei suoi crimini – ma non era uno stupido. Non lo era nemmeno Deke, naturalmente, ma sarebbe stato solo nella sua piccola guardiola. Niente veicoli di passaggio, niente barche in attesa di attraversare. Non sotto quell'acquazzone.

E poi aveva i suoi anni.

«Avrò forse quindici minuti», disse alla cucina vuota... o forse era alla macchia di sangue sul pavimento che stava parlando. Almeno non l'aveva imbavagliata. Perché disturbarsi? Non c'era nessuno a sentirla gridare, non in quella brutta e informe fortezza di cemento. Nemmeno mettendosi a urlare a pieni polmoni in mezzo alla strada qualcuno l'avrebbe sentita. Con un temporale così anche i giardinieri messicani si sarebbero messi al riparo, seduti nella cabina dei loro veicoli a bere caffè e a fumare sigarette.

«Quindici minuti al massimo.»

Sì. Probabilmente. Poi Pickering sarebbe tornato a violentarla come aveva avuto intenzione di violentare Nicole. Dopodiché l'avrebbe uccisa come già aveva ucciso Nicole. Lei e chissà quante altre «nipoti». Em non ne aveva la prova, ma era sicura che quello non fosse – come avrebbe potuto dire Rusty Jackson – il suo primo rodeo.

Quindici minuti. Forse solo dieci.

Si guardò i piedi. Non erano incollati al pavimento, ma lo erano le gambe della sedia. Tuttavia...

Sei una che corre; e come se lo sei. Guarda che gambe.

Erano gambe buone, sì, e non c'era bisogno che qualcuno gliele baciasse perché ne fosse consapevole. Meno che mai un mentecatto come Pickering. Non sapeva se fossero buone nel senso di belle o sexy, ma da un punto di vista funzionale erano molto buone. L'avevano portata lontano dalla mattina in cui lei e Henry avevano trovato Amy morta nella culla. Pickering aveva evidentemente grande fiducia nelle virtù del nastro adesivo, lo aveva probabilmente visto usare da decine di assassini psicopatici in decine di film e nessuna delle sue «nipoti» gli aveva mai dato motivo di dubitare della sua efficacia. Forse perché lui non aveva offerto loro l'occasione, forse perché erano troppo spaventate. Ma forse... specialmente in un giorno di pioggia, in una casa di aria viziata e così intrisa di umidità che quasi sentiva l'odore della muffa...

Em si spinse in avanti più che poté dentro le volute di nastro adesivo e cominciò a flettere gradualmente i muscoli delle cosce e dei polpacci: quei nuovi muscoli da corridore per cui il matto aveva manifestato tanta ammirazione. Prima una piccola flessione, poi un po' più forte. Si stava avvicinando alla flessione massima e cominciava a perdere speranza, quando udì un suono di risucchio. Appena percettibile all'inizio, quasi più desiderio che realtà, ma poi si intensificò. Aveva svolto il nastro adesivo in strati sovrapposti e incrociati, era un nastro maledettamente resistente, ciononostante si stava staccando dal pavimento. Lentamente però. Dio del cielo, quanto lentamente.

Si rilassò affannata, con il sudore che ora le spuntava sulla fronte, sotto le braccia, tra i seni. Avrebbe voluto provare subito di nuovo, ma gli allenamenti sulla pista del Cleveland South le avevano insegnato che doveva aspettare che il cuore, pompando rapidamente, eliminasse l'acido lattico

dai muscoli. In caso contrario il suo secondo tentativo avrebbe generato minor forza e ottenuto un risultato inferiore. Ma era difficile. Aspettare era difficile. Non sapeva da quanto tempo fosse uscito. C'era un orologio a muro, un sole raggiante in acciaio inossidabile (come apparentemente tutto quanto conteneva quell'orribile stanza senz'anima, eccetto la sedia di acero rosso alla quale era legata), ma si era fermato sulle nove e un quarto. Probabilmente andava a pile e le pile si erano esaurite.
Cercò di rimanere immobile contando fino a trenta (facendo seguire un per poco che sia a ciascun numero) e riuscì a reggere solo fino a diciassette. Poi fletté di nuovo, spingendo all'ingiù con tutte le forze. Questa volta il suono di risucchio fu immediato e più forte. Sentì che la sedia cominciava a sollevarsi. Molto poco, ma si era sollevata.

Sforzò, testa rovesciata all'indietro, denti scoperti, sangue fresco che le scivolava sul mento dal labbro gonfio. Le affiorarono i tendini nel collo. Il suono di risucchio diventò ancora più forte e adesso udì anche un lento rumore di strappo.

All'improvviso una fitta rovente le artigliò il polpaccio destro indurendolo. Per un momento quasi continuò a sforzare – del resto la posta in gioco era alta, la posta era la sua vita – ma poi tornò a rilasciare i muscoli ansimando. E contando.

«Uno, per poco che sia. Due, per poco che sia. Tre...»

Perché era probabilmente in grado di staccare la sedia dal pavimento nonostante quel minaccioso preavviso muscolare. Era quasi sicura di potercela fare. Ma se ce l'avesse fatta al costo di un crampo nel polpaccio destro (ne aveva già subiti; in un paio di occasioni erano stati abbastanza violenti da trasformarle il muscolo in un sasso), sarebbe stato più il tempo perso di quello guadagnato. E si sarebbe ritrovata ancora prigioniera di quella sedia fottuta. Incollata alla sedia fottuta.

Sapeva che l'orologio a muro era morto, ma lo guardò lo stesso. Era un riflesso. Sempre le nove e un quarto. Era già arrivato al ponte? Ebbe un'insensata speranza improvvisa: Deke avrebbe azionato la sirena spaventandolo. Poteva succedere? Pensò di sì. Pensò che Pickering fosse come una iena, pericoloso solo quando era sicuro di avere il coltello dalla parte del manico. E probabilmente, come una iena, non era capace di immaginare di non averlo.

Tese l'orecchio. Udì i tuoni e lo scroscio insistente della pioggia, ma non il belato della sirena montata accanto alla guardiola del ponte.

Cercò di strappare nuovamente la sedia dal pavimento e, quando le gambe si staccarono quasi all'improvviso, per poco non si catapultò in avanti contro la cucina. Barcollò, vacillò, per poco non cadde, e indietreggiò contro l'isola al centro del locale in cerca di un appoggio. Ora il suo cuore correva così veloce che non era più in grado di distinguere i singoli battiti; le sembrava di avvertire un brontolio costante nel petto e in alto nel collo, subito sotto il mento. Se fosse caduta, si sarebbe ritrovata come una tartaruga rovesciata. Non avrebbe avuto la minima possibilità di rialzarsi.

Va tutto bene, pensò. Non è successo.

No. Ma s'immaginò lo stesso riversa sul pavimento con diabolica chiarezza. Riversa al suolo avendo per compagnia solo la striscia di sangue lasciata dai capelli di Nicole. Per terra ad aspettare che Pickering tornasse a divertirsi con lei prima di finirla. E sarebbe tornato quando? Di lì a sette minuti? Cinque? Solo tre?

Guardò l'orologio. Erano le nove e un quarto.

Sostava presso l'isola piegata in avanti, riprendendo fiato, una donna a cui era cresciuta una sedia dalla schiena. Sul ripiano c'era il coltello da carne, ma non poteva raggiungerlo con le mani legate ai braccioli. Anche se fosse riuscita ad afferrarlo, che cosa avrebbe potuto fare? Rimanersene lì dov'era, piegata in due, con il coltello in mano. Non c'era nessun punto che potesse raggiungere con la sua lama, niente che potesse tagliare.

Guardò i fornelli e si domandò se fosse in grado di accenderne uno. Allora forse...

Ebbe un'altra visione diabolica: lei che cercava di bruciare il nastro e la fiamma del fornello che le incendiava i vestiti. Il rischio era eccessivo. Se qualcuno le avesse offerto delle pillole (o anche una pallottola in testa) con cui sottrarsi alla possibilità di uno stupro, seguito da tortura e morte – probabilmente una morte lenta, preceduta da indicibili mutilazioni – avrebbe forse ignorato la voce di suo padre (Non mollare, Emmy, c'è sempre l'occasione buona dietro questo o quell'angolo) e avrebbe accettato. Ma rischiare ustioni di terzo grado su tutta la metà superiore del corpo? Giacere su quel pavimento cotta a metà in attesa che Pickering tornasse, pregando che tornasse a porre fine alle sue sofferenze?

No. Non lo avrebbe fatto. Ma che cosa le restava? Sentiva il tempo fuggire via. L'orologio a muro indicava ancora le nove e un quarto, ma le sembrava che l'intensità della pioggia fosse diminuita. L'idea la riempì di orrore. Lo respinse. Il panico sarebbe stato la sua fine.

Il coltello era un non posso e i fornelli erano un non voglio. Che cosa restava?

La risposta era ovvia. Restava la sedia. Non ce n'erano altre in cucina, solo tre sgabelli alti come quelli da bar. Pensò che Pickering dovesse aver trasferito la sedia da una sala da pranzo che sperava di non vedere mai. Aveva legato altre donne, altre «nipoti», a pesanti sedie di acero rosso prese da un tavolo da pranzo? Forse a quella stessa a cui era imprigionata lei? In cuor suo ne era certa. E lui se ne fidava, anche se era di legno e non di metallo. Quello che aveva funzionato una volta non poteva che funzionare di nuovo; pensava che anche in questo ragionasse come una iena.

Doveva demolire la sua prigione. Era l'unico modo e aveva solo pochi minuti per farlo.

7

ERA accanto all'isola centrale. Il piano di lavoro sporgeva di qualche centimetro, creando una cornice, ma di quella non si fidava. Non avrebbe voluto muoversi, non voleva rischiare una caduta che l'avrebbe trasformata in una tartaruga rovesciata, ma, per sbatterci contro, occorreva una superficie più ampia di quella che le offriva il bordo dell'isola. Così andò verso il frigorifero, che come tutto il resto era d'acciaio inossidabile... e grande. Tutta la superficie contro cui sbattere che una ragazza poteva desiderare.

Avanzò a piccoli passi striscianti con la sedia legata a schiena e sedere e gambe. Si muoveva a una lentezza esasperante. Era come cercare di camminare portandosi dietro una strana bara fabbricata a misura. E la sua bara sarebbe diventata davvero, se fosse caduta. O se, quando lui fosse tornato a casa, l'avesse trovata ancora a sbattere inutilmente la sedia contro il frigorifero.

A un certo punto perse l'equilibrio e corse il rischio di cadere in avanti, sulla faccia, riuscendo a trattenersi solo con la forza della volontà. Riaffiorò il dolore al polpaccio, che minacciò nuovamente di trasformarsi in un crampo e renderle inutilizzabile la gamba destra. Scacciò anche quello con la forza di volontà, chiudendo gli occhi per concentrarsi. Il sangue che le colava sul viso lavò via il sale di lacrime che non ricordava di aver versato.

Quanto tempo ci stava impiegando? Quanto? Pioveva ancora più piano. Presto avrebbe sentito solo gocciolare. Forse Deke stava reagendo. Forse aveva persino una pistola in uno dei cassetti della sua vecchia scrivania e aveva sparato a Pickering come si fa con un cane idrofobo. Avrebbe sentito lo sparo da lì? Molto difficile, il vento soffiava ancora forte. Più probabile che Pickering, di vent'anni più giovane di Deke ed evidentemente in forma, strappasse l'eventuale pistola dalla mano di Deke e la usasse contro il vecchio. Cercò di scacciare tutti quei pensieri, ma non era facile. Non lo era sebbene fossero pensieri inutili. Avanzò strisciando i piedi con gli occhi ancora chiusi e i muscoli del viso – pallido e con la bocca gonfia – contratti per lo sforzo. Un passetto da bimbo, due passetti da bimbo. Ce la farò a fare altri sei passetti da bimbo? Sì, ce la farai. Ma al quarto le sue ginocchia, piegate quasi ad angolo retto, urtarono lo sportello del frigorifero.

Aprì gli occhi, incapace di credere di avere compiuto, arrivando a destinazione sana e salva, quell'arduo safari, di aver percorso una distanza che una persona libera di muoversi avrebbe esaurito in tre semplici passi, ma che per lei era stato un safari, un maledetto trekking.

Non poteva sprecare tempo congratulandosi con se stessa e non solo perché da un momento all'altro avrebbe potuto sentire aprirsi la porta d'ingresso della Casamatta. Aveva altri problemi. Camminare in una posizione semiseduta aveva messo a dura prova i suoi muscoli che ora tremavano; le sembrava d'essere una dilettante fuori forma che tenta il più cervellotico degli esercizi yoga. Se non ci si fosse messa subito, forse non ce l'avrebbe più fatta. E se la sedia era robusta come sembrava...

Ma andò avanti lo stesso.

«Probabile che faccia male», ansimò. «Questo lo sai, vero?» Lo sapeva, ma pensava che Pickering potesse avere in serbo per lei qualcosa di peggio.

«Ti prego», disse, girandosi per mettersi di profilo rispetto al frigorifero. Se la sua era una preghiera, era possibile che la stesse rivolgendo alla figlia morta. «Ti prego», ripeté e con un colpo d'anca sbatté contro il frigorifero il parassita che portava aggrappato alla schiena.

Non rimase stupita come quando la sedia si era

staccata dal pavimento all'improvviso, quasi precipitandola a testa avanti contro i fornelli, ma ci andò vicino. Ci fu uno scricchiolio sonoro e sentì il sedile spostarsi da sotto le natiche. Solo le gambe ressero.

«È marcia!» esclamò. «Questa maledetta è marcia!» Forse non proprio, ma di sicuro non era resistente come sembrava, e fosse benedetto Iddio per il clima della Florida. Finalmente un piccolo colpo di fortuna... e se lui fosse rientrato ora, proprio nel momento in cui stava per coglierlo, sarebbe impazzita.

Quanto tempo? Da quanto tempo era via? Non ne aveva idea. Aveva sempre potuto contare su un cronometro mentale abbastanza preciso, ma ora era inservibile come l'orologio appeso al muro. La sensazione di perdere completamente la cognizione del tempo aveva qualcosa di particolarmente orribile. Ricordò il suo grosso e inelegante orologio da polso, ma era scomparso. Le era rimasto solo un cerchio di pelle più chiara. Doveva averlo preso lui.

Stava per sbattere nuovamente la sedia sul frigorifero, quando le venne un'idea migliore. Ora aveva liberato parzialmente le natiche dal sedile e questo le avrebbe consentito uno slancio maggiore. Sforzò con la schiena come aveva sforzato con cosce e polpacci quando cercava di staccare la sedia dal pavimento e questa volta, quando sentì un dolore di avvertimento all'altezza dei lombi, non rilasciò i muscoli per aspettare di smaltire la fatica. Aspettare era un privilegio che riteneva di aver consumato del tutto. Se lo immaginava sulla via del ritorno, di corsa al centro della strada deserta, sollevando spruzzi da sotto i piedi, con la mantella gialla che gli svolazzava dietro le gambe. E, in una mano, un attrezzo. Una leva per cerchioni forse, presa dal bagagliaio sporco di sangue della sua Mercedes.

Sforzò all'insù. Il dolore in fondo alla schiena si acuì, acquistò un'intensità vetrosa. Ma sentì di nuovo il rumore del nastro che cedeva, non la sedia, questa volta, ma il nastro stesso. Gli strati sovrapposti di nastro adesivo. Si allentavano. Allentati non era lo stesso che strappati, ma era comunque un miglioramento. Avrebbe potuto incrementare ulteriormente la forza della propulsione.

Ruotò di nuovo su se stessa scagliandosi contro il frigorifero e questa volta si lasciò sfuggire un gridolino per lo sforzo. L'impatto si riverberò in tutto il corpo. La sedia non si mosse. Le rimase appiccicata come una patella. Sbatté di nuovo, con più violenza, gridando più forte: tantra yoga e sadomaso in versione disco music. Ci fu un altro crack e questa volta la sedia scivolò sulla destra.

Sbatté ancora... ancora... ancora, scagliando le anche sempre più sfinite e picchiando. Perse il conto. Stava piangendo di nuovo. Si era strappata i calzoncini sul dietro. Le erano scivolati giù da un fianco e il fianco stesso sanguinava. Doveva essersi ferita con una scheggia.

Prese un respiro profondo cercando di calmare il cuore in fuga (pura illusione) e scagliò se stessa e la sua prigione di legno di nuovo contro il frigorifero, mettendoci tutte le forze che aveva. Questa volta centrò la leva dell'erogatore automatico del ghiaccio, facendo cascare per terra un jackpot di cubetti. Ci fu un altro schianto, un cedimento, e tutt'a un tratto il suo braccio sinistro fu libero. Lo guardò con gli occhi instupiditi dalla meraviglia. Il bracciolo era ancora legato al suo avambraccio, ma ora il grosso della sedia pendeva sghembo, trattenuto da lunghe strisce di nastro adesivo grigio. Era come esser presi in una ragnatela. E così era, infatti; il bastardo psicopatico in calzoncini cachi e maglia da golf era il ragno. Ancora non era libera, ma poteva usare il coltello. Non aveva che da strisciare indietro fino all'isola al centro della cucina per andare a prenderlo.

«Non mettere i piedi sui cubetti», ammonì se stessa con la voce rotta. Alle sue orecchie le sembrò la voce di una studentessa secchiona che ci ha dato dentro nello studio fino ai limiti dell'esaurimento. «Non potresti scegliere un momento peggiore per metterti a pattinare.»

Evitò il ghiaccio, ma quando si allungò per prendere il coltello, la sua schiena sovraffaticata emise uno scricchiolio premonitore. La sedia, che ora non le aderiva più ma le pendeva ancora dalla vita e dalle gambe, trattenuta da quelle strisce di nastro adesivo, urtò l'isola di lato. Non ci badò. Riuscì ad afferrare il coltello con la mano liberata e lo usò per tagliare il nastro che le imprigionava il braccio destro, respirando in singulti contratti e continuando a lanciare occhiate veloci alla porta a vento tra la cucina e il locale adiacente, probabilmente la sala da pranzo e poi l'anticamera; era da lì che era uscito e da lì probabilmente sarebbe rientrato. Quando ebbe liberato la mano destra, strappò via il pezzo di sedia che ancora le pendeva dal braccio sinistro e lo lasciò cadere sull'isola.

«Smettila di guardare se arriva», disse a se stessa nella penombra grigia della cucina. «Fai quel che devi.» Era un buon consiglio, ma le era difficile seguirlo sapendo che da quella porta da un momento all'altro poteva entrare la sua condanna a morte.

Segò le strisce di nastro che la stringevano appena sotto il seno. Era un'operazione che avrebbe dovuto eseguire con attenzione e lentezza, ma non poteva permetterselo e si ferì ripetutamente con la punta del coltello. Sentì il sangue che le scivolava sulla pelle.

Il coltello era affilato. La conseguenza spiacevole erano i numerosi tagli che si praticò appena sotto lo sterno. La conseguenza positiva era che il nastro si lacerava senza opporre resistenza, strato dopo strato. Finalmente lo ebbe tagliato tutto, da cima a fondo, e la sedia s'inclinò di più verso l'esterno allontanandosi dalla sua schiena. Attaccò le strisce che le cingevano la vita. Ora poteva piegarsi meglio e lavorò più velocemente, risparmiando un po' il proprio corpo. Quando finalmente si fu liberata interamente il busto, la sedia piombò all'indietro. Le gambe, ancora legate alle sue, si inclinarono e i piedini le si conficcarono sotto i polpacci, dove i tendini d'Achille sembravano cavi a fior di pelle. Il dolore fu lancinante e le strappò un gemito penoso.

Si portò la mano sinistra dietro la schiena per avvicinarsi nuovamente la sedia al dorso e alleviare l'orribile, dolorosa pressione. L'angolo era dei più scomodi, quanto di peggio per il suo braccio, ma tenne duro mentre strisciava con i piedi per girarsi nuovamente verso i fornelli. In quel modo poté appoggiarsi all'indietro lasciando che fosse l'isola a sostenere la sedia. Boccheggiando e piangendo di nuovo (non si era accorta delle lacrime), si chinò in avanti e cominciò a segare il nastro che le legava le caviglie. I continui movimenti avevano allentato le volute che le imprigionavano le gambe, di conseguenza poté operare più speditamente tagliandosi meno spesso, sebbene riuscisse a praticarsi una più che discreta lacerazione al polpaccio destro, quasi che avesse desiderato punirlo per aver tentato di farsi venire un crampo quando cercava di scollarsi dal pavimento.

Stava cominciando a tagliare il nastro che le tratteneva le ginocchia – l'ultimo rimasto – quando udì la porta dell'ingresso aprirsi e chiudersi. «Sono a casa, tesoro!» esclamò allegramente Pickering. «Ti sono mancato?»

Emily s'impietrì, china in avanti con i capelli che le pendevano sulla faccia, e le ci volle fino all'ultimo briciolo di forza di volontà per riprendere a muoversi. Non c'era più tempo per andare per il sottile: infilò la lama sotto gli strati di nastro grigio che le imprigionavano il ginocchio destro, evitò miracolosamente di pugnalarsi la rotula, e tirò verso l'alto con tutte le energie.

Dall'ingresso giunse un pesante tonfo metallico e capì che aveva appena girato la chiave in una serratura, di quelle grosse, a giudicare dal rumore. Pickering voleva evitare eventuali interruzioni, probabilmente pensava che ce ne fossero già state a sufficienza per quel giorno. Lo sentì attraversare l'ingresso. Calzava evidentemente scarpe da ginnastica (prima non ci aveva fatto caso), perché emettevano un cigolio liquido.

Stava fischiettando *O Susanna*.

Il nastro che le tratteneva il ginocchio destro si aprì, da sotto in su, e la sedia cadde contro l'isola con uno schianto sonoro, rimanendole attaccata solo al ginocchio sinistro. I passi dietro la porta a vento – molto vicini ormai – si fermarono, poi ripartirono di corsa. Dopodiché tutto avvenne molto, molto velocemente.

Investì la porta spingendola con entrambe le mani, la porta si spalancò con un colpo sordo e Pickering fece irruzione in cucina con le braccia ancora protese. Le mani erano vuote, nessuna traccia della leva da cerchioni che si era immaginata lei. Le maniche dell'impermeabile giallo gli arrivavano a metà degli avambracci ed Emily ebbe il tempo di pensare: È troppo piccolo per te, coglione, e tua moglie te l'avrebbe detto, ma tu non hai una moglie, vero?

Il cappuccio della mantella era spinto all'indietro. La sua bella acconciatura era finalmente in disordine: leggero disordine, perché i capelli erano troppo corti perché potessero essere spettinati; e la pioggia gli gocciolava sulle guance e negli occhi. Prese atto della situazione in un baleno, parve capire ogni cosa. «Oh, maledetta stronza rompicoglioni!» ruggì lanciandosi verso di lei.

Em lo centrò con il coltello. La lama s'infilò tra l'indice e il medio della sua mano protesa con le dita divaricate aprendo un taglio profondo all'apice della V. Sprizzò sangue. Pickering lanciò un grido di dolore e sorpresa; soprattutto sorpresa, pensò lei. Le iene non si aspettano che le loro vittime contrattacchino.

Lui le afferrò il polso con la sinistra, glielo torse. Qualcosa scricchiolò. Forse si spezzò. In ogni caso il dolore che le saettò per il braccio ebbe l'intensità di una vampata. Cercò di continuare a stringere il coltello, ma non c'era più niente da fare. Volò da una parte all'altra della stanza e, quando lui le lasciò andare il polso, la sua mano destra ricadde inerte, con le dita aperte.

Lui le piombò addosso e lei lo spinse all'indietro usando entrambe le mani e resistendo alla nuova fitta stridente di dolore nel polso distorto. Fu solo istinto. La mente razionale le avrebbe detto che una spinta non lo avrebbe fermato, ma la sua mente razionale era in quel momento rannicchiata in un angolino della sua testa, incapace di far altro che sperare per il meglio.

Lui la sovrastava fisicamente, ma lei aveva le natiche schiacciate contro il bordo dell'isola. Pickering barcollò all'indietro con un'espressione disorientata che in altre circostanze sarebbe apparsa comica. Poi finì con i piedi su uno o più cubetti di ghiaccio. Per qualche istante sembrò imitare un personaggio dei cartoni animati, Road Runner, forse, che muove freneticamente i piedi come una girandola nel tentativo di reggersi. Ma finì su altri cubetti di ghiaccio (Emily li vide roteare e luccicare sul pavimento), cadde pesantemente a sedere e cozzò con la testa sul frigorifero ammaccato.

Alzò la mano sanguinante e se la guardò. Poi guardò lei. «Mi hai tagliato», disse. «Stupida troia, guarda qui, mi hai tagliato. Perché mi hai tagliato?»

Cercò di rialzarsi, ma da sotto le scarpe schizzarono via altri cubetti di ghiaccio e ricadde sul pavimento. Si girò a posare per terra un ginocchio con l'intenzione di rialzarsi in quel modo e per un momento le offrì la schiena. Em prese dall'isola il bracciolo sinistro della sedia. Vi erano ancora incollati brandelli di nastro adesivo. Pickering si rialzò e si girò verso di lei. Emily stava aspettando. Gli calò il bracciolo sulla fronte usando entrambe le mani, costringendo a serrarsi le dita della mano destra che non voleva saperne. Un atavico istinto di sopravvivenza le rammentò di portare tutto il peso delle spalle nel colpo per imprimere nel pezzo di legno il massimo della potenza. E il massimo di potenza era necessario, perché quello che stringeva tra le mani era in fondo solo un bracciolo di sedia, non una mazza da baseball.

Ci fu un tonfo. Non fu forte come quello della porta a vento quando lui l'aveva sospinta entrando in cucina, ma a lei sembrò abbastanza forte lo stesso, forse perché il sottofondo della pioggia era ulteriormente diminuito. Per un attimo non successe nient'altro, ma poi dalla sua bella acconciatura cominciò a colargli sangue sulla fronte. Em lo fissò, lo guardò negli occhi. Lui contraccambiò con un'espressione di stordita incomprensione.

«No», disse debolmente e allungò la mano per prendere il bracciolo.

«Sì», disse lei e lo colpì di nuovo, questa volta

lateralmente: un fendente a due mani, staccando la destra all'ultimo istante, ma continuando a stringere con la sinistra. L'estremità del bracciolo, dalla parte dove si era spezzato ed era irto di schegge, raggiunse Pickering alla tempia destra. Questa volta il sangue gli esplose dalla ferita mentre contemporaneamente il contraccolpo gli piegava la testa fin quasi sulla spalla sinistra. Gocce luccicanti di sangue gli scivolarono per la guancia e inzaccherarono le piastrelle grigie del pavimento.

«Ferma», biascicò lui annaspando con una mano. Sembrava un bagnante in procinto di annegare che implora aiuto.

«No», disse lei e gli calò di nuovo il bracciolo sulla testa.

Pickering urlò e si trascinò fuori portata strisciando con la testa incassata nelle spalle e cercando di mettersi al riparo dell'isola centrale. Finì sui cubetti di ghiaccio e slittò, ma questa volta riuscì a reggersi. Pura fortuna, ebbe a riflettere Emily, visto che era in piedi solo per miracolo.

Per un momento quasi lo lasciò andare, pensando che sarebbe scappato. Era quello che avrebbe fatto lei. Poi, calmissima, la voce di suo padre: Vuole prendere il coltello, cara.

«No», esclamò, questa volta quasi ringhiando. «No, mai!»

Cercò di correre intorno all'isola sull'altro lato per precederlo, ma non poteva correre, non trascinandosi dietro i resti della sedia come un detenuto con una palla al piede: ce l'aveva ancora legata con il nastro adesivo al ginocchio sinistro. Il rottame urtò l'isola, le sbatté contro il sedere, cercò di infilarlesi tra le gambe e farla inciampare. Sembrava che la sedia fosse dalla parte di lui e fu contenta di averla fracassata.

Pickering arrivò al coltello – era a ridosso della porta a vento – e vi cadde sopra come un giocatore di football che blocca una palla persa. Respirando, emetteva un sibilo dal fondo della gola. Em lo raggiunse nel momento in cui cominciava a voltarsi. Lo colpì con il bracciolo, ripetutamente, strillando, rendendosi parzialmente conto che non era abbastanza pesante e che lei non stava generando nemmeno lontanamente il grado di forza che voleva generare. Vedeva il polso destro, che già cominciava a gonfiarsi, cercare di tener testa alla violenza che stava subendo proprio come se fosse convinto di poter sopravvivere.

Pickering crollò sul coltello e giacque immobile. Emily indietreggiò di mezzo passo, ansimando, con gli occhi nuovamente invasi da quelle piccole comete bianche.

Sentì voci maschili nella mente. Era un fenomeno per lei non insolito e non sempre sgradito. Qualche volta, ma non sempre.

Henry: Prendi quel dannato coltello e piantaglielo tra le scapole.

Rusty: No. Tesoro. Non ti avvicinare nemmeno. È quello che si aspetta. Sta fingendo.

Henry: Nel collo. Va bene anche lì. In quel suo collo di bastardo.

Rusty: Infilare una mano sotto il corpo sarebbe come infilarla in un tritacarne, Emmy. Hai solo due possibilità. Picchiarlo a morte...

Henry, riluttante ma convinto: ...o scappare.

Forse. Ma forse no.

Su quel lato dell'isola c'era un cassetto. Lo aprì con uno strattone sperando di trovare un altro coltello, molti coltelli: da scalco e da bistecca, coltelli per disossare e coltelli seghettati da pane. Si sarebbe accontentata anche di uno stramaledetto coltellino da burro. Trovò invece soprattutto una batteria di eleganti utensili da cucina con il manico in plastica nera: un paio di spatole, un mestolo e uno di quei cucchiaioni da portata bucherellati. C'erano altri oggetti ancora, ma lo strumento più pericoloso su cui si posarono i suoi occhi fu un pelapatate.

«Ascoltami», disse. Aveva la voce roca, quasi gutturale. Aveva la gola secca. «Non voglio ucciderti, ma se mi costringi lo farò. Ho qui un forchettone. Se cerchi di girarti, te lo ficco nel collo e continuo a spingere finché non viene fuori dall'altra parte.»

Le credeva? Questa era la domanda. Era sicura che avesse fatto sparire di proposito tutti i coltelli salvo quell'unico che nascondeva sotto il corpo, ma fino a che punto poteva credere di aver eliminato tutti gli altri utensili potenzialmente pericolosi? Di solito un uomo non ha idea di che cosa ci sia nei cassetti della sua cucina – lo aveva imparato dalla sua vita con Henry e, prima di Henry, dalla sua vita con suo padre – ma Pickering non era un uomo come tutti gli altri e quella non era una cucina come tutte le altre. Aveva il sospetto che fosse più simile a una sala operatoria. Tuttavia, stordito com'era (ma lo era?), e certamente convinto che correva il rischio di finire ammazzato solo perché non ricordava bene un particolare, le era lecito sperare che abboccasse al suo bluff. C'era però un altro interrogativo: la stava sentendo? O capiva comunque che cosa gli diceva, se la udiva? Se il destinatario non era in grado di soppesare i pro e i contro, il bluff cadeva nel vuoto.

Ma non avrebbe perso tempo a dibattere la questione. Sarebbe stato quanto di peggio. Senza mai distogliere lo sguardo da Pickering, si chinò e infilò le dita sotto l'ultima striscia di nastro che la teneva legata alla sedia. Ora le dita della sua mano destra avevano ancora meno voglia di ubbidirle, ma tenne duro. E la pelle madida di sudore l'aiutò. Spinse verso il basso e il nastro cominciò a staccarsi con un nuovo fruscio di contrarietà. Immaginò che facesse male, le aveva lasciato una striscia rossa sulla rotula (per qualche ragione le passò nella mente l'espressione chirurgia del ginocchio), ma ormai era andata oltre la percezione fisica. Il nastro cedette tutt'a un tratto scivolandole fino alla caviglia, ritorto e stropicciato e incollato a se stesso. Se ne liberò agitando il piede e indietreggiò, libera. Le pulsava la testa, forse per lo sforzo o forse in conseguenza del colpo che le aveva inferto lui quando si era fermata a guardare la ragazza morta nel bagagliaio della Mercedes.

«Nicole», mormorò. «Si chiamava Nicole.»

Pronunciare il nome della ragazza morta ebbe l'effetto di rianimarla un po'. Ora l'idea di cercare di recuperare il coltello da sotto il suo corpo le apparve come una follia. La parte di sé che in certi momenti le parlava con la voce di suo padre aveva ragione: solo restare nella stessa stanza in cui si trovava Pickering era una sfida alla fortuna. Il che le lasciava come unica alternativa di fuggire.

«Ora vado», annunciò. «Mi senti?»

Lui non si mosse.

«Ho il forchettone. Se mi insegui, te lo ficco dentro. Ti... ti faccio saltar via gli occhi. Ti conviene restartene qui dove sei. Hai capito bene?»

Lui non si mosse.

Emily indietreggiò di qualche altro passo, poi si girò e lasciò la cucina attraverso la porta sull'altro lato. Stringeva ancora nella mano il bracciolo sporco di sangue.

8

ERA la sala da pranzo. C'era un tavolo lungo con il piano in cristallo. Intorno c'erano sette sedie di acero rosso. Mancava l'ottava. Naturalmente. Mentre contemplava lo spazio vuoto in fondo al tavolo, ricordò un particolare: il sangue che le affiorava in una minuscola perla sotto l'occhio mentre Pickering diceva: d'accordo, bene, d'accordo. Le aveva creduto quando gli aveva detto che solo Deke poteva immaginare che si trovasse alla Casamatta, così aveva abbandonato il coltello piccolo, quello che lì per lì aveva pensato fosse appartenuto a Nicole, lasciandolo cadere nel lavello.

Dunque c'era sempre stato un altro coltello con cui minacciarlo. C'era ancora. Nel lavello. Ma non sarebbe tornata là dentro. Mai e poi mai.

Attraversò la sala da pranzo e imboccò un corridoio con cinque porte, due per parte e una in fondo. Le prime due davanti alle quali passò erano aperte, a sinistra un bagno e a destra una lavanderia. La lavatrice era di quelle che si caricano da sopra ed era aperta. Sul ripiano accanto c'era una scatola di detersivo. Dallo sportello spuntava un lembo di maglietta macchiata di sangue. La maglia di Nicole, Emily ne fu certa, anche se non aveva modo di averne conferma. E se era davvero la sua, perché Pickering aveva pensato di lavarla? Lavarla non avrebbe eliminato gli strappi. Ricordò di aver pensato che l'avesse ferita decine di volte, anche se senz'altro non era possibile. O si sbagliava?

Sì, pensò di sbagliarsi: Pickering in un attacco di follia sfrenata.

Aprì la porta dopo quella del bagno e trovò una stanza degli ospiti. Non era che una scatola buia e sterile, dominata da un ampio letto matrimoniale così perfetto che senza dubbio avresti potuto farci rimbalzare sopra una monetina. Era stata una cameriera a rifarlo? La nostra indagine dice di no, pensò. La nostra indagine dice che nessuna cameriera ha mai messo piede in questa casa. Solo «nipoti».

La porta dirimpetto a quella della stanza degli ospiti era di uno studio. Il locale era non meno sterile di quello di fronte. In un angolo c'erano due mobiletti. Al centro c'era una grande scrivania con un PC incappucciato da una busta di plastica trasparente. Il pavimento era di comuni assicelle di rovere. Non c'era tappeto. Non c'erano quadri. L'unica ampia finestra aveva le imposte chiuse e lasciava trapelare solo pochi e stentati fili di luce. Come la stanza degli ospiti, l'ambiente era buio e dimenticato.

Qui non ci ha mai lavorato, pensò e fu certa di aver ragione. Era scenografia. Lo era tutta la casa, compresa la stanza dalla quale era fuggita, la stanza che sembrava una cucina ma che era in realtà una sala operatoria, completa di piani di lavoro e pavimenti facilmente lavabili.

La porta in fondo al corridoio era chiusa e, mentre vi si avvicinava, già sapeva che l'avrebbe trovata chiusa a chiave. Se fosse uscito anche lui da quella parte della cucina, l'avrebbe intrappolata in quel corridoio. Non avrebbe avuto dove correre ed erano giorni in cui correre era la sola cosa che sapeva fare bene... la sola cosa che sapeva fare.

Cercò di risistemarsi i calzoncini – vi ballava dentro ora che si era aperta la cucitura posteriore – e afferrò il pomolo. Era così convinta della sua premonizione che lì per lì, quando il pomolo ruotò nella sua mano, non riuscì a crederlo. Spinse l'uscio ed entrò in quella che doveva essere la camera da letto di Pickering. Era quasi asettica quanto la stanza degli ospiti, ma non del tutto. Per prima cosa c'erano due guanciali e non solo uno e un lembo del copriletto (che sembrava gemello di quello della stanza degli ospiti) era stato ripiegato in un preciso triangolo, pronto ad accogliere il suo proprietario nell'abbraccio di due lenzuola fresche dopo una giornata di duro lavoro. E il pavimento era coperto da un tappeto, sebbene di economico materiale sintetico. Henry l'avrebbe senza dubbio definito uno straccio peloso, ma copriva interamente il pavimento e il blu si accordava a quello delle pareti, rendendo la stanza meno scheletrica delle altre. C'erano anche un piccolo scrittoio – sembrava un vecchio banco da scuola – e una comune seggiola di legno. E per quanto quell'angolino non reggesse il confronto con la pretenziosità dello studio con il suo finestrone (purtroppo sbarrato) e il suo costoso computer, ebbe la sensazione che quella scrivania fosse stata usata. Che Pickering vi si sedesse per scrivere a mano, curvo come un bambino in un'aula di qualche piccola scuola di campagna. A scrivere cose a cui preferiva non pensare.

Anche lì c'era una finestra grande. E a differenza di quelle dello studio e della stanza degli ospiti, non era sbarrata. Prima che Emily guardasse fuori e vedesse che cosa c'era, la sua attenzione fu attratta da una fotografia sulla parete di fianco al letto. Non proprio appesa e certamente non incorniciata, affissa solo con una puntina. Tutt'intorno c'erano altri fori minuscoli, come se nel corso degli anni vi fossero state appuntate altre foto. Era a colori, con la data 19-4-07 impressa digitalmente nell'angolo destro. Scattata con una macchina tradizionale invece di una digitale, a giudicare dalla carta, e non da qualcuno con una particolare predisposizione per la fotografia. Ma forse il fotografo era eccitato. Come potrebbe esserlo una iena, pensò, quando giunge l'ora del tramonto e ci sono prede fresche nelle vicinanze. Non era molto nitida, come se fosse stata scattata con un teleobiettivo, e il soggetto non era ben centrato. Il soggetto in questione era una giovane donna dalle gambe lunghe in calzoncini di jeans e top corto con la scritta BEER O'CLOCK BAR. Reggeva un vassoio in equilibrio sulle dita della mano sinistra come una cameriera in un allegro dipinto di Norman Rockwell. Stava ridendo. Aveva i capelli biondi. Em non poteva essere certa che fosse Nicole, non da quella foto un po' sfuocata e dai pochi attimi di orrore in cui aveva avuto davanti agli occhi la ragazza morta nel bagagliaio della Mercedes... eppure era assolutamente sicura. Il suo cuore era sicuro.

Rusty: Lascia perdere, cara. Devi uscire da qui. Devi trovarti dello spazio per correre.

A riprova, la porta tra la cucina e la sala da pranzo si aprì rumorosamente: un fragore da farla saltar via dai cardini, a sentirlo.

No, pensò. Dall'ombelico in giù perse d'incanto

ogni sensibilità. Non pensava di essersela fatta addosso di nuovo, ma se così fosse stato, non sarebbe stata in grado di capirlo. No, non è possibile.

«Ti piace il gioco duro?» gridò Pickering. Il tono era insieme divertito e frastornato. «D'accordo, so giocare duro. Nessun problema. Tranquilla, se è questo che vuoi ti accontento subito.»

Arrivava. Attraversava la sala da pranzo. Udì un tonfo seguito da un rotolio sommesso. Era andato a sbattere in una delle altre sedie (forse quella all'altro capo del tavolo) e l'aveva spinta via. Il mondo le si dissolse davanti agli occhi diventando grigio sebbene la stanza fosse relativamente illuminata, ora che il temporale stava passando.

Si morsicò il labbro ferito. Si fece scorrere altro sangue sul mento, ma restituì anche colore e realtà al mondo circostante. Chiuse precipitosamente la porta e cercò la leva della serratura. Non c'era. Si guardò intorno e ritrovò l'umile seggiola di legno davanti all'umile scrittoio di legno. Mentre Pickering superava di corsa le porte della lavanderia e dello studio – e stringeva nella mano il coltello da carne? ma certo – afferrò la sedia, la inclinò e infilò lo schienale sotto il pomolo. Un istante dopo lui colpì la porta con entrambe le mani.

Se anche lì il pavimento fosse stato in parquet, la sedia sarebbe scivolata via come un disco su una pista da hockey. Forse l'avrebbe usata per affrontarlo: Em, l'impavida domatrice di leoni. No, poco probabile. Comunque c'era quel tappeto. Di nylon, da pochi soldi, però bello folto, almeno quello. Le gambe inclinate della sedia vi sprofondarono e ressero, sebbene nel tappeto si formasse un'increspatura.

Pickering lanciò un ruggito e si mise a picchiare sulla porta con i pugni. Emily sperò che lo facesse stringendo sempre il coltello tra le dita, chissà che non si tagliasse la gola per sbaglio.

«Apri questa porta!» urlò lui. «Aprila! Stai solo peggiorando la tua situazione!»

Come se potessi, pensò Emily indietreggiando. E guardandosi intorno. E ora? La finestra? Cos'altro? C'era solo quella porta, dunque doveva essere per forza la finestra.

«Mi stai facendo arrabbiare, Lady Jane!»

No, sei già arrabbiato. Peggio di un cane idrofobo.

Notò che la finestra era di quelle fatte per guardar fuori e basta, non per essere aperte. Per via dell'aria condizionata. E allora? Tuffarvisi attraverso come Clint Eastwood in uno di quei vecchi spaghetti western? Sembrava anche possibile ed era certamente una delle scene che le piacevano tanto da piccola, ma aveva una mezza idea che se ci avesse provato sul serio si sarebbe ritrovata affettata come un salame. Quando si trattava di vecchie sequenze di gente che sfonda le vetrate dei saloon, Clint Eastwood e Rocky e Steven Seagal si facevano sostituire da uno stuntman. E lo stuntman poteva contare su un vetro speciale.

Sentì un rumore di passi veloci. Pickering era indietreggiato per lanciarsi nuovamente sulla porta. Era di legno massiccio, ma l'uomo non stava scherzando e lei vide l'uscio vibrare nel telaio. Questa volta la sedia scivolò all'indietro di qualche centimetro prima di incastrarsi di nuovo. Peggio ancora, nel tappeto si alzò di nuovo quell'increspatura, accompagnata questa volta da un rumore di strappo simile a quello del nastro adesivo, quando aveva cominciato a cedere. Era incredibilmente arzillo, considerate le botte che aveva ricevuto sulla testa e sulle spalle con un randello di solido acero rosso, ma naturalmente nella sua follia gli era rimasta abbastanza lucidità da sapere che, se l'avesse scampata lei, non l'avrebbe scampata lui. Come motivazione doveva essere abbastanza forte.

Avrei dovuto legnarlo con tutta quanta la sedia, pensò.

«Hai voglia di giocare?» ansimò lui. «Ci sto. Certo. Puoi scommetterci. Ma tu stai giocando in casa mia, capito? E adesso... arrivo!» Colpì di nuovo la porta, che oscillò tra gli stipiti sui cardini ora allentati, e la sedia retrocesse di qualche altro centimetro. Emily scorse macchie scure a forma di goccia tra le gambe inclinate della sedia e la porta: strappi nel tappeto scadente.

Dalla finestra allora. Se doveva morire dissanguata da Dio solo sapeva quante ferite, preferiva infliggersele da sé. Forse... se si fosse avvolta nel copriletto.

Poi il suo sguardo cadde sulla scrivania.

«Signor Pickering!» gridò afferrandola per i lati corti. «Aspetti! Voglio fare un patto con lei!»

«Niente patti con le puttane, capito?» rispose lui nel tono di un bambino che fa i capricci. Ma per un momento si era fermato, forse per riprendere fiato, e questo le diede tempo. Era tutto ciò che chiedeva, tempo. Era tutto quello che poteva sperare di ottenere da lui, non aveva certo bisogno che le dichiarasse di non essere il tipo di uomo che scende a patti con le puttane. «Che cosa avresti in mente? Raccontalo a papà Jim.»

Al momento aveva in mente lo scrittoio. Lo sollevò quasi aspettandosi di sentire i muscoli già provati della schiena esplodere come un palloncino. Ma il mobile era leggero e si alleggerì ancora di più quando alcuni fascicoli con la copertina blu che sembravano dispense universitarie scivolarono per terra.

«Cosa stai facendo?» domandò bruscamente lui e subito dopo: «Non farlo!»

Emily corse alla finestra, si fermò di scatto e scagliò lo scrittoio. Lo schianto del vetro fu potente. Senza fermarsi a pensare o guardare – a quel punto pensare non le sarebbe servito a nulla e guardare, se il salto dall'altra parte fosse stato notevole, l'avrebbe solo spaventata – strappò la coperta dal letto.

Pickering colpì nuovamente la porta e, sebbene la sedia reggesse anche questa volta (lo sapeva: in caso contrario lui le sarebbe piombato addosso), qualcosa emise uno scricchiolio sinistro.

Emily si avvolse nel copriletto dalla testa ai piedi come una donna indiana che si appresta a mettersi in marcia in una tempesta di neve. Poi saltò attraverso lo squarcio frastagliato che aveva aperto nel vetro della finestra nel momento stesso in cui dietro di lei la porta si spalancava con uno schianto. Alcune delle punte di vetro che sporgevano dal telaio strapparono il copriletto, ma non una toccò lei.

«Oh, maledetta troia fottuta!» strepitò Pickering dietro di lei – un passo dietro di lei – e poi Emily fu in volo.

9

DA bambina era stata un terremoto, preferendo i giochi da maschio (il più bello di tutti si chiamava semplicemente Pistole) nel bosco dietro la loro casa nella periferia di Chicago a quelli da femminucce con Barbie e Ken in veranda. Era sempre in jeans e maglietta, i capelli raccolti in una coda di cavallo. Invece delle gemelle Olsen, lei e Becka, la sua migliore amica, guardavano i vecchi film di Clint Eastwood e Schwarzenegger e, quando vedevano Scooby-Doo, si identificavano piuttosto con il cane che con Velma o Daphne. Per due anni alle elementari la loro colazione era stata a base di Scooby Snack.

E si arrampicavano sugli alberi, naturalmente. A Emily pareva di ricordare d'aver trascorso un'estate intera appesa con Becka ai rami degli alberi dei rispettivi giardini. Potevano aver avuto nove anni. A parte la lezione di suo padre su come cadere, la sola cosa che Em ricordava con chiarezza riguardo all'estate delle arrampicate sugli alberi era che tutte le mattine sua madre le metteva una misteriosa pomata bianca sul naso dicendole, nel suo tono da ubbidienza-o-morte: Guai a te se te la togli, Emmy!

Un giorno Becka perse l'equilibrio e per poco non precipitò per cinque metri sul prato dei Jackson (forse solo tre, ma a quell'epoca, ai loro occhi, i metri sembravano dieci, se non quindici). Si era salvata aggrappandosi a un ramo, ma poi era rimasta appesa così, a invocare aiuto.

Rusty stava falciando l'erba. Andò tranquillamente a piazzarsi sotto l'albero – sì, tranquillamente; si attardò persino a spegnere la Briggs & Stratton – e protese le braccia. «Lasciati andare», disse e Becka, che da soli due anni aveva smesso di credere a Babbo Natale ed era ancora squisitamente fiduciosa, lo fece. Rusty l'accolse e sostenne senza difficoltà, poi disse a Em di scendere dall'albero. Fece sedere le bambine alla base del tronco. Becka piangeva un po' ed Em era preoccupata, soprattutto che le arrampicate sugli alberi potessero ora diventare un gioco proibito, come scendere al negozio all'angolo da sola dopo le sette di sera.

Rusty non proibì loro di salire sugli alberi (ma lo avrebbe fatto forse la madre di Emily, se avesse visto la scena dalla finestra della cucina). Ciò che fece fu insegnare loro come cadere. Dopodiché fecero pratica per quasi un'ora.

Che giornata grandiosa era stata.

Mentre volava dalla finestra, Emily vide che con il sottostante patio lastricato c'era un bel dislivello. Forse solo tre metri, ma mentre precipitava nello sbatacchiare del copriletto stracciato a lei sembrarono dieci. O quindici.

Mollate le ginocchia, aveva detto loro Rusty sedici o diciassette anni prima, nell'Estate delle Scalate agli alberi, nota anche come l'Estate del Naso Bianco. Non chiedete alle ginocchia di assorbire il contraccolpo. Lo faranno, in nove casi su dieci, se il salto non è troppo alto, ma potreste ritrovarvi con un osso rotto. Anca, gamba o caviglia. Più che altro la caviglia. Ricordate che la gravità è la madre di tutti noi. Abbandonatevi alla gravità. Lasciate che vi abbracci. Tenete molli le ginocchia, poi incassate la testa e rotolate.

Em toccò terra sul lastricato spagnolesco in pietre rosse e rilassò le ginocchia. Diede contemporaneamente una spallata all'aria inclinandosi con tutto il peso del corpo sulla sinistra. Incassò la testa tra le spalle e rotolò. Non ci fu dolore, nessun dolore immediato, ma una possente vibrazione che la percorse da capo a piedi, come se il suo corpo fosse diventato un tubo nel quale qualcuno avesse lasciato precipitare un mobile ingombrante. Ma protese la testa evitando di picchiarla sulle pietre della pavimentazione. E pensò di non essersi nemmeno fratturata una gamba, anche se avrebbe potuto accertarlo solo quando si fosse alzata in piedi.

Cozzò contro un tavolo da giardino di metallo con violenza sufficiente da ribaltarlo. Poi si alzò e non si sentì veramente sicura di essere ancora tutta intera prima di essersi raddrizzata del tutto. Guardò su e vide Pickering che si sporgeva dalla finestra infranta. Aveva il viso contratto in una smorfia e brandiva il coltello.

«Ferma!» urlò. «Smettila di scappare e resta ferma lì!»

Come no, pensò Emily. L'umidità dell'acquazzone pomeridiano si era trasformata in nebbia e le disseminò il viso di goccioline come di rugiada. Fu una sensazione paradisiaca. Emily gli mostrò il dito medio ed enfatizzò il concetto agitandolo.

«Non ti permettere di mandarmi a fanculo, troia!» tuonò Pickering e scagliò il coltello. La mancò di parecchio. Colpì il pavimento con un tintinnio e scivolò sotto il suo grill a gas in due pezzi, manico e lama. Quando Emily alzò di nuovo lo sguardo, la finestra con il vetro rotto era vuota.

La voce di suo padre l'avvertì che Pickering stava arrivando, ma non aveva certo bisogno che fosse lui a tenerla aggiornata. Andò all'estremità del patio – camminando agilmente, senza zoppicare, anche se forse lo doveva solo alla scarica di adrenalina – e guardò giù. Un misero metro tra lei e la sabbia da cui spuntavano ciuffi di uniola. Un giochetto a confronto del salto al quale era appena sopravvissuta. Oltre il patio c'era la spiaggia sulla quale aveva compiuto tante delle sue corse mattutine.

Guardò dall'altra parte, in direzione della strada, ma lì non c'era niente di buono. Il brutto muro di cemento era troppo alto. E Pickering stava arrivando. Ovviamente.

Si puntellò con una mano sul muretto ornamentale e si lasciò cadere nella sabbia. I ciuffi di uniola le solleticarono le cosce. Salì a passi veloci la duna tra la Casamatta e la spiaggia vera e propria, riaggiustandosi i calzoncini stracciati e continuando a guardarsi alle spalle. Niente... ancora niente... e poi Pickering che sbucava come un proiettile dalla porta sul retro urlandole di fermarsi immediatamente dove si trovava. Si era sbarazzato dell'impermeabile giallo e si era armato di un altro oggetto affilato. Lo agitava nella sinistra correndo per il vialetto che scendeva al patio. Emily non riuscì a distinguere che cosa fosse l'oggetto, ma era meglio così. Non voleva che le si avvicinasse tanto da permetterle di vederlo bene.

Era in grado di non farsi prendere. Qualcosa nella sua andatura le diceva che sarebbe stato veloce per un po' e poi avrebbe ceduto, per quanto lo sostenessero la follia e la paura di essere smascherato.

È come se mi fossi sempre allenata per questo momento, pensò.

Eppure per poco non commise un errore cruciale quando, arrivata alla spiaggia, fu sul punto di girarsi verso sud. Da quella parte sarebbe arrivata in fondo a Vermillion Key in non più di mezzo chilometro. Avrebbe potuto cercare soccorso alla guardiola del ponte mobile (straziarsi i polmoni urlando all'impazzata, per la precisione), ma se Pickering aveva fatto qualcosa a Deke Hollis – e temeva che fosse proprio così – per lei sarebbe stata la fine. Magari avrebbe potuto gridare a un'imbarcazione di passaggio, ma aveva il sospetto che ormai Pickering avesse perso ogni inibizione; al punto a cui era arrivato l'avrebbe probabilmente accoltellata a morte sul palcoscenico del Radio City Music Hall sotto gli occhi delle Rockettes.

Così si girò invece verso nord, dove tra lei e Grass Shack c'erano più di tre chilometri di spiaggia deserta. Si tolse le scarpe da tennis e cominciò a correre.

10

NON era la prima volta che correva in spiaggia dopo uno di quei brevi ma violenti acquazzoni pomeridiani e la sensazione dell'umidità che le si accumulava su viso e braccia le era familiare. Altrettanto lo erano il rumore amplificato della risacca (la marea si stava alzando e la spiaggia si restringeva in una striscia) e l'intensità dei profumi: salmastro, alghe, fiori, persino legno bagnato. Si era aspettata di provare paura, come immaginava che avessero paura le persone su un fronte di guerra quando svolgevano operazioni pericolose che di solito (ma non sempre) si risolvevano per il meglio. Ciò che non si era aspettata era la bellezza.

Dal Golfo era entrata la nebbia. L'acqua era un opaco fantasma verde che lambiva il litorale sbucando dal bianco. Doveva esserci un banco di pesci a poca profondità, perché al largo i pellicani avevano organizzato un buffet a consumazione illimitata. Lei li vedeva più che altro come ombre in picchiata, che si tuffavano nell'acqua con le ali raccolte. Alcuni galleggiavano dondolando sulle onde più vicine e, sebbene sembrassero finti come uccelli da richiamo, la tenevano d'occhio. Laggiù, a sinistra, il sole era una piccola moneta giallo arancio dal brillio sfumato.

Temeva che tornasse a farsi vivo il crampo al polpaccio e, se fosse successo, per lei era fatta, fine. Ma quello era un esercizio a cui il muscolo si era assuefatto e, anche se un po' troppo caldo, prese a lavorare con scioltezza. Più preoccupanti erano i muscoli alla base della schiena, che le spedivano un pizzicore ogni tre o quattro passi e le inviavano una saetta di dolore più consistente ogni ventina. Ma lei parlò a loro dentro la testa, li blandì, promise loro bagni caldi e massaggi shiatsu quando quell'orrore fosse finito e la feroce creatura che la inseguiva fosse stata sbattuta nella prigione della contea di Collier. Sembrò funzionare. A meno che correre fosse una sorta di massaggio in sé. Aveva motivi per pensarlo.

Pickering le urlò ancora due volte di fermarsi, poi si zittì, risparmiando il fiato per l'inseguimento. Lei guardò indietro una volta e giudicò che fosse a una settantina di metri. La sola cosa che di lui risaltava nella bruma del tardo pomeriggio era la sua maglia rossa. Guardò di nuovo ed era più nitido; vide i suoi calzoncini cachi macchiati di sangue. Cinquanta metri. Ma con il fiato corto. Bene. Il fiato corto era cosa buona.

Scavalcò con un balzo un groviglio di legni portati dalla risacca e le scivolarono gli short minacciando di ostacolarla se non addirittura farla cadere. Non aveva tempo per fermarsi e toglierseli, così li strattonò selvaggiamente tirandoli su, rimpiangendo che non avessero un cordoncino da poter stringere, magari addirittura tenere serrato tra i denti.

Sentì un grido e le parve che vi si mescolassero paura e ira. Forse Pickering si stava rendendo finalmente conto che le cose sarebbero potute andare diversamente da come auspicava. Arrischiò un'altra occhiata all'indietro, sperando, e la sua speranza non fu vana. Pickering era inciampato nel groviglio di legname che lei aveva scavalcato ed era finito in ginocchio. Davanti a lui giaceva la sua nuova arma a forma di X nella sabbia. Forbici, dunque. Cesoie da cucina. Quelle che usano per tranciare cartilagini e ossa. Le recuperò convulsamente e si rialzò in piedi.

Emily continuava a correre, aumentando un po' alla volta la velocità. Non stava mettendo in pratica un piano, ma nemmeno pensava che fosse il suo fisico ad agire per conto suo. C'era qualcosa tra corpo e mente, una sorta di interfaccia. Era quella la parte di lei che voleva assumere la direzione in quel momento ed Em glielo consentì. Quella parte voleva che lei accelerasse gradualmente, quasi con delicatezza, in modo che l'animale che la braccava non capisse che cosa stava facendo. Quella parte voleva provocare Pickering inducendolo ad aumentare la propria velocità per starle dietro, magari guadagnando addirittura un po' di terreno. Quella parte voleva usurarlo e farlo schiattare. Quella parte voleva sentirlo rantolare con la lingua fuori. Magari addirittura tossire, se era un fumatore (anche se in questo non riponeva una grande speranza). Solo allora avrebbe innestato quell'overdrive che fino a quel momento aveva usato solo raramente; quella marcia che le era sempre sembrata una sfida alla sorte, come munirsi di ali di cera in una giornata di sole. Ma questa volta non aveva scelta. E se aveva sfidato la sorte, era stato quando aveva deviato dalla sua rotta per guardare nel giardino della Casamatta.

E che alternative avevo, dopo aver visto i suoi capelli? Forse era stato il fato a sfidare lei.

Correva stampando nella sabbia le impronte dei piedi. Guardò di nuovo dietro di sé e vide Pickering a quaranta metri, ma quaranta metri andavano bene. Considerato quanto paonazza e tirata aveva la faccia, quaranta andavano benissimo.

A ovest e direttamente sopra di lei le nuvole si squarciarono con subitaneità tropicale, illuminando all'istante la nebbia dal grigio cupo di poco prima a un bianco abbacinante. Il sole a sprazzi seminò sulla spiaggia macchie di luce; Em entrò in una di esse correndo e ne uscì in una sola falcata, sentendo la temperatura salire nella zona dove l'umidità si era riscaldata e poi ridiscendere quando fu inghiottita nuovamente dalla nebbia. Era come passare davanti alla porta aperta di una lavanderia automatica in una giornata di freddo intenso. Davanti a lei si aprì una striscia di blu appannato come un lungo catarifrangente. Sopra di esso apparvero due arcobaleni gemelli dai colori nitidi e perfettamente distinguibili. Le estremità a occidente si tuffavano nello strato di nebbia in movimento e scendevano a bagnarsi nell'acqua; quelle che scendevano in direzione della terraferma sparivano tra le palme e le fronde cerose.

Si toccò la caviglia sinistra con il piede destro e annaspò. Per un momento fu sul punto di cadere, ma ritrovò l'equilibrio. Ora però lui era a soli trenta metri e trenta erano troppo pochi. Basta contemplare arcobaleni. Se non avesse fatto attenzione, quelli che aveva davanti a sé sarebbero stati gli ultimi che avrebbe visto.

Guardò di nuovo in avanti e laggiù c'era un uomo, con i piedi immersi nell'acqua, e li stava osservando. Indossava solo un paio di short di tela di jeans e un fradicio fazzoletto rosso intorno al collo. Aveva la pelle scura; occhi e capelli erano scuri. Era di statura bassa, ma con un corpo asciutto e muscoloso da fare invidia. Uscì dall'acqua ed Emily vide l'ansia sul suo viso. Oh, grazie a Dio, vedeva dell'ansia.

«Aiuto!» gridò. «Mi aiuti!»

L'apprensione sul viso di lui aumentò. «Señora? Qué ha pasado? Qué es lo que va mal?»

Qualcosa di spagnolo sapeva, spizzichi e bocconi, ma sentendo il suo, quel poco che masticava le scappò dalla mente. Pazienza. Quell'uomo era certamente un giardiniere di qualcuna delle ville più grandi. Aveva approfittato della pioggia per rinfrescarsi nelle acque del Golfo. Forse non aveva nemmeno il permesso di soggiorno, ma non ne aveva bisogno per salvare la vita a lei. Era un uomo, era chiaramente robusto ed era preoccupato. Si gettò tra le sue braccia bagnandosi dell'acqua che lo ricopriva.

«È pazzo!» gli gridò in faccia. Poté farlo perché erano pressoché alti uguale. E ritrovò almeno una parola in spagnolo. Una parola preziosa, pensò, in quella situazione. «Loco! Loco, loco!»

Reggendola saldamente con un braccio, lui si voltò. Emily guardò nella direzione in cui stava guardando lui e vide Pickering. Pickering che sorrideva. Era un sorriso sereno, quasi di scusa. Nemmeno il sangue sui calzoncini e la faccia tumefatta toglievano del tutto credibilità al suo sorriso. La cosa peggiore era che delle cesoie non c'era più traccia. Le sue mani – il sangue si era ormai coagulato sul taglio tra le dita della destra – erano vuote.

«Es mi esposa», spiegò. Il tono era non meno contrito – e convincente – del sorriso. Sembrava del tutto naturale anche il fatto che stesse ansimando. «No te preocupes. Ella tiene...» Il suo spagnolo s'inceppò o almeno così parve. Sempre sorridendo spalancò le braccia. «Problemi? Ha dei problemi?»

Gli occhi dell'immigrato s'illuminarono di comprensione e sollievo. «Problemas?»

«Sí», annuì Pickering. Poi si portò una mano davanti alla bocca e mimò l'atto di bere a canna da una bottiglia.

«Ah!» esclamò l'immigrato annuendo. «Bere!»

«No!» protestò Emily sentendo che stava per essere sospinta tra le braccia di Pickering da un uomo che preferiva sbarazzarsi di quell'inaspettato problema, di quella inaspettata señora. Soffiò alito sul suo volto per dimostrargli che non aveva bevuto. Poi ebbe un'ispirazione e si batté il dito sulla bocca gonfia. «Loco! Questo me l'ha fatto lui!»

«Ma no, se lo è fatto da sé», la smentì Pickering. «Okay?»

«Okay», disse l'immigrato e annuì, senza però spingere Emily verso di lui. Ora sembrava incerto. E a Emily sovvenne un'altra parola, qualcosa che aveva esumato da qualche programma educativo per bambini di quelli che guardava, probabilmente con la fedele Becka, quando non guardava Scooby-Doo.

«Peligro», disse sforzandosi di non urlare. Urlare era quello che facevano le esposas ammattite. Agganciò con i propri gli occhi del lavorante latino-americano. «Peligro. Lui! Señor Peligro!»

Pickering rise e allungò le mani verso di lei. Terrorizzata da quanto le era vicino (era come veder spuntare artigli a una mietitrebbia), lei lo respinse. Lui non se l'aspettava ed era ancora senza fiato. Non cadde sulla sabbia, ma indietreggiò di un passo barcollando e sgranando gli occhi. Fu allora che le cesoie gli scivolarono da dove le aveva nascoste, tra la cintola dei calzoncini e il fondo della schiena. Per qualche istante restarono tutti e tre immobili a guardarle. Le onde scrosciavano monotone. Da dentro il banco di nebbia giunsero gridi di uccelli.

11

RIAFFIORÒ il sorriso benevolo di Pickering, quello che doveva aver usato con le sue numerose «nipoti». «Posso spiegare, ma non conosco abbastanza bene la lingua. Una spiegazione del tutto naturale, okay?» Si batté il petto come Tarzan. «No Señor Loco, no Señor Peligro, okay?» E sarebbe anche riuscito a farla passare. Ma poi, sempre sorridendo e indicando Emily, aggiunse: «Ella es bobo perra».

Em non aveva idea di che cosa volesse dire bobo perra, ma vide come cambiò l'espressione di Pickering mentre lo diceva. Ebbe a che fare soprattutto con il suo labbro superiore, che si arricciò e sollevò, come fa il muso di un cane quando ringhia. L'immigrato la spinse indietro di un passo. Non le fece completamente scudo con il proprio corpo, ma quasi, e il messaggio era chiaro: protezione. Poi si chinò per raccogliere le cesoie.

Se lo avesse fatto prima di spingere Emily dietro di sé forse ne avrebbe avuto il tempo. Ma Pickering aveva visto che la situazione stava per sfuggirgli di mano e lo precedette. Si lasciò cadere in ginocchio, impugnò le cesoie e pugnalò il piede sinistro del latinoamericano. Lui lanciò un grido spalancando gli occhi.

Si protese per afferrare Pickering, ma Pickering si lasciò prima cadere nella sabbia, poi rotolò su un fianco e saltò in piedi (ancora così svelto, pensò Emily) allontanandosi con un passo di danza. Poi si fece sotto di nuovo. Passò un braccio intorno alle spalle dell'altro come si fa tra amici e gli piantò le cesoie nel petto. Il latino-americano cercò di indietreggiare, ma Pickering lo trattenne continuando a ferirlo. Nessuno dei colpi andò in profondità perché venivano inferti troppo velocemente, ma cominciò a scorrere sangue dappertutto.

«No!» gridò Emily. «No, fermo!»

Pickering si girò verso di lei per non più di un istante, occhi scintillanti e terribili, poi conficcò le cesoie nella bocca del latino-americano fino a far tintinnare gli anelli contro i denti. «Okay?» chiese. «Okay? Così è okay? Così ti va bene, mangiafagioli del cazzo?»

Emily si guardò intorno in cerca di qualcosa, un pezzo di legno con cui colpirlo, ma non c'era niente. Quando tornò a guardare i due uomini, il latinoamericano aveva le cesoie piantate in un occhio. Si accasciò lentamente, dando quasi l'impressione di abbozzare un inchino, e Pickering si piegò con lui, cercando di estrarre le cesoie.

Emily si lanciò su di lui gridando. Abbassò la spalla e lo colpì al ventre, registrando solo per metà consapevolmente che era un ventre molle, una pancia che aveva immagazzinato un buon numero di pasti succulenti.

Pickering cadde sulla schiena ansimando e fissandola con odio. Quando lei cercò di ritrarsi, le afferrò il piede sinistro affondandole le unghie nella carne. Accanto a lei il latinoamericano, disteso su un fianco, si contorceva coperto di sangue. L'unico particolare ancora riconoscibile, su un viso che era stato piacente fino a trenta secondi prima, era il naso.

«Vieni qui, Lady Jane», disse Pickering trascinandola verso di sé. «Lascia che ti intrattenga. Vero che ne hai voglia, inutile troia?» Era forte e stava avendo il sopravvento, per quanto lei si sforzasse di aggrapparsi alla sabbia. Sentì l'alito caldo sul piede e poi i suoi denti che le entravano nel tallone fino alle gengive.

Mai aveva sentito un dolore come quello: ogni singolo granello di sabbia acquistò improvvisa nitidezza davanti alle sue pupille dilatate. Urlò e sferrò un calcio con il piede destro. Lo colpì, e con violenza, più che altro per mera fortuna, non certo perché avesse potuto in qualche modo prendere la mira. Lui lanciò un grido strozzato e il dolore penetrante nel tallone sinistro cessò all'improvviso come era cominciato, lasciando solo un senso di bruciore. Qualcosa si era rotto sul volto di Pickering. Emily aveva sentito il rumore oltre che averlo avvertito sotto il piede. Pensò potesse essere uno zigomo. Forse il naso.

Si girò su mani e ginocchia e il dolore di protesta che partì dal polso gonfio quasi rivaleggiò con quello al piede. Per un istante, seppure con i calzoncini strappati che di nuovo le scivolavano giù dai fianchi, sembrò un'atleta sui blocchi di partenza in attesa del colpo di pistola. Poi fu in piedi e di nuovo in corsa, ora però ostacolata da una zoppia saltellante. Scese più vicino all'acqua. Immagini incoerenti le affollavano la mente (quelle di un vicesceriffo zoppo in qualche vecchio telefilm western, per esempio: una visione che le apparve per un istante e subito svanì), ma la parte di lei che ancora rispondeva all'istinto di sopravvivenza era ancora abbastanza lucida da voler correre su sabbia compatta. Si tirò su freneticamente i calzoncini e vide che aveva le mani coperte di sabbia e sangue. Con un singhiozzo, si pulì prima l'una e poi l'altra sulla T-shirt. Lanciò una sola occhiata all'indietro, sopra la spalla destra, sperando senza speranza e lo vide arrivare.

Ce la mise tutta, corse più forte che poté, e la sabbia, che dove stava correndo era fredda e bagnata, lenì un po' il bruciore al tallone, ma in nessun modo poté avvicinarsi alla sua andatura precedente. Guardò dietro e lo vide guadagnare terreno, impiegare tutte le energie in uno sprint finale. Davanti a lei gli arcobaleni si andavano dissolvendo nella luce sempre più intensa e più calda.

Ce la mise tutta sapendo che non sarebbe bastato. Non si sarebbe lasciata raggiungere da una donna anziana, non si sarebbe lasciata raggiungere da un vecchio, non si sarebbe lasciata raggiungere dal suo povero marito, ma non avrebbe potuto tener testa al bastardo forsennato che la braccava. L'avrebbe presa. Cercò un'arma con cui colpirlo quando fosse venuto il momento, ma ancora non c'era niente. Scorse i resti semicarbonizzati del fuoco di una festa in spiaggia, ma erano troppo lontani e troppo distanti dal bagnasciuga, a ridosso della linea dove cominciavano le dune e i ciuffi di uniola. Se avesse deviato in quella direzione, dove la sabbia era morbida e infida, lui l'avrebbe raggiunta ancora prima. La sua situazione era già abbastanza disperata lì dove si trovava, lo sentiva sempre più vicino, sentiva i rantoli rochi della sua respirazione e i grugniti che faceva risucchiando il sangue che gli riempiva il naso fratturato. Sentiva persino il rapido scalpiccio delle sue suole sulla sabbia umida. A tal punto desiderò che ci fosse qualcun altro in spiaggia, che per un momento ebbe l'allucinazione di un uomo alto con i capelli bianchi, un grande naso storto e la pelle scura e ruvida. Poi si rese conto di aver involontariamente evocato suo padre, un'ultima speranza, e l'illusione svanì.

Le giunse abbastanza vicino da tentare di acchiapparla. La sua mano le toccò la maglietta, quasi afferrò il tessuto e scivolò via. La prossima volta ce l'avrebbe fatta. Sterzò entrando nell'acqua, immergendosi prima fino alle caviglie, poi fino ai polpacci. Fu la sola cosa che riuscì a pensare, l'ultima cosa. Le era venuta l'idea – informe, inarticolata – o di sfuggirgli nuotando o di fronteggiarlo nell'acqua, dove il confronto sarebbe stato meno impari; se non altro l'acqua avrebbe rallentato i colpi di quelle orribili cesoie. Se fosse riuscita ad arrivare dove era abbastanza profonda.

Prima di potersi tuffare per cominciare a nuotare – prima ancora d'essersi immersa fino alle cosce – lui l'afferrò per il colletto e la tirò all'indietro trascinandola di nuovo verso la spiaggia.

Emily vide le cesoie apparire al di sopra della propria spalla sinistra e le ghermì. Cercò di torcerle, ma fu inutile. Pickering si era puntellato a dovere nell'acqua che gli arrivava alle ginocchia, a gambe divaricate e con i piedi fermamente piantati nella sabbia contro il risucchio delle onde. Lei inciampò in una delle sue gambe e gli cadde addosso. Piombarono nell'acqua insieme.

La reazione di Pickering fu immediata e rivelatrice nonostante la confusione che creò nell'acqua sguazzando e annaspando convulsamente. La verità si accese nella mente di Emily come fuochi artificiali in una notte buia. Non sapeva nuotare. Pickering non sapeva nuotare. Aveva una casa nel Golfo del Messico, ma non sapeva nuotare. Ed era assolutamente logico. Le sue visite a Vermillion Key erano dedicate a discipline indoor.

Si allontanò da lui e lui non cercò di afferrarla. Era seduto immerso fino al petto nel ribollire della schiuma di onde ancora agitate dal temporale e tutti i suoi sforzi erano concentrati sul tentativo di rialzarsi in piedi e separare il più possibile il suo apparato respiratorio da un elemento con il quale non aveva mai imparato a conciliarsi.

Se avesse avuto fiato da sprecare, Emily gli avrebbe parlato. Se lo avessi saputo, avrebbe detto, avremmo potuto chiudere la questione fin da subito. E quel poveretto sarebbe ancora vivo.

Tornò invece da lui e lo prese per la maglia.

«No!» strillò Pickering. La colpì con entrambe le mani. Erano vuote (doveva aver perso le cesoie cadendo) e lui era troppo terrorizzato e disorganizzato per pensare di chiudere i pugni. «No, no! Lasciami, bastarda!»

Emily se ne guardò bene. Lo trascinò invece dove l'acqua era più profonda. Se lui fosse stato in grado di controllare il panico, si sarebbe facilmente liberato dalla sua presa, ma non ce la faceva non solo perché non sapeva nuotare: Emily ebbe la sensazione di assistere a una reazione di carattere fobico.

Ma quando mai una persona con la fobia dell'acqua si prenderebbe una casa sul Golfo? Solo un mentecatto.

Questa considerazione la fece ridere, per quanto lui la picchiasse, schiaffeggiandola alla cieca prima sulla guancia destra, poi sul lato sinistro della testa. Le entrò in bocca un fiotto di acqua verde che subito sputò. Lo trascinò più al largo, vide arrivare un'onda più alta, liscia e luccicante, con una piccola cresta di schiuma che si andava formando sulla cima, e lo spinse da quella parte con la faccia in avanti. Le sue grida diventarono gorgoglii strozzati che si spensero quando finì sott'acqua. Continuò a trattenerlo mentre lui sbracciava e spingeva e si dibatteva. L'onda le passò sopra e trattenne il fiato. Per un momento furono sommersi entrambi e lei vide il volto di lui deformato in una pallida maschera di terrore e orrore che lo rese disumano e per questo lo trasformava in ciò che era in realtà. Nell'acqua verde che li divideva vagava una galassia di bruscolini. Passò sfrecciando un pesciolino disorientato. Pickering aveva gli occhi fuori delle orbite. La sua bella acconciatura si era disfatta e furono i capelli, quelli su cui si fermò lo sguardo di lei. Li osservò attentamente mentre dal naso di Pickering saliva verso la superficie un filo di bollicine d'argento. E quando i capelli cambiarono direzione girandosi per puntare verso il Texas invece che la Florida, gli inferse una spinta con tutte le forze e lo lasciò andare. Poi posò i piedi sul fondo sabbioso e si proiettò all'insù.

Emerse nell'aria brillante con la bocca già spalancata. Inalò grandi boccate di quell'aria prima di tornare verso la spiaggia a passi lenti. Era difficile camminare anche così vicino alla terraferma. Il risucchio del ritirarsi delle onde che le premeva contro i fianchi e le passava tra le gambe era quasi un flutto di ritorno. Pochi metri più al largo lo sarebbe stato. Più fuori ancora e si sarebbe trasformato in corrente e anche un forte nuotatore avrebbe avuto poche possibilità a meno di nuotare in diagonale bordeggiando su un ampio angolo incidente verso la salvezza.

Esitò, perse l'equilibrio, si sedette e fu travolta da un'altra onda. La sensazione fu splendida. Fu splendido il freddo dell'acqua. Per la prima volta dalla morte di Amy si sentì bene per un momento. Meglio che bene, per la verità; ogni parte di lei era ammaccata o ferita e sentiva che stava piangendo di nuovo, ma stava da dio.

Si rialzò faticosamente con la T-shirt inzuppata e appiccicata al corpo. Vide qualcosa di vagamente azzurro che veniva trasportato via dalla corrente, si guardò, tornò a guardare la macchia scolorita e si rese conto di aver perso i calzoncini.

«Pazienza, tanto erano da buttare», disse e cominciò a ridere mentre risaliva verso la spiaggia, prima immersa fino alle ginocchia, poi ai polpacci, infine con i soli piedi lambiti dalla schiuma. Sarebbe rimasta lì per ore. L'acqua fredda aveva spento quasi del tutto il dolore al tallone ed era sicura che il sale avesse un effetto benefico sulla ferita; non dicevano forse che non esisteva sulla terra essere vivente più infestato di germi della bocca umana?

«Sì», disse e ancora rideva. «Ma chi diavolo è il...»

Allora Pickering riemerse urlando. Era ora a una decina di metri dalla riva. Gesticolava all'impazzata con entrambe le braccia. «Aiuto!» urlava. «Non so nuotare!»

«Lo so», disse Emily. Alzò una mano frullando le dita in un saluto di buon viaggio. «E potresti anche incontrare uno squalo. La settimana scorsa Deke Hollis mi aveva detto che ce ne sono.»

«Aiuto...» Un'onda lo seppellì. Emily pensò di non vederlo più, ma spuntò di nuovo. Ora si era allontanato di un altro paio di metri. «...Aiuto!...»

La sua vitalità aveva dell'incredibile, specialmente dato che quello che stava facendo – sbatteva soprattutto le braccia sull'acqua come se credesse di poter volare via come un gabbiano – era controproducente, ma la corrente lo stava trascinando costantemente più lontano dalla spiaggia dove non c'era nessuno che potesse salvarlo.

Nessun altro che lei.

Non c'era per la verità modo per cui potesse tornare indietro, di questo si sentiva sicura, ciononostante raggiunse zoppicando i resti del fuoco e, giusto per non sbagliare, si armò del pezzo di legno bruciacchiato più grosso tra quelli avanzati. E lì rimase a guardare mentre l'ombra dietro di lei continuava ad allungarsi.

12

RESISTETTE a lungo. Non aveva idea con precisione per quanto tempo perché le aveva portato via l'orologio. Dopo un po' smise di gridare, poi fu solo un circoletto bianco sopra la macchia rosso scuro della sua maglia da golf con un paio di braccia pallide che tentavano di spiccare il volo. E tutt'a un tratto non ci fu più. Le parve di avvistare ancora per una volta un braccio che emergeva come un periscopio e si agitava nell'aria, ma fu solo un'impressione. Era scomparso. Glub. Provò addirittura delusione. Più tardi sarebbe ridiventata del tutto se stessa, una se stessa migliore, forse, ma in quel momento voleva solo che lui continuasse a soffrire. Voleva che morisse nel terrore e non velocemente. Per Nicole e per tutte le altre nipoti che potevano esserci state prima di Nicole.

Sono una nipote ora?

In un certo senso lo era. L'ultima nipote. Quella che aveva corso più forte che poteva. Quella che era sopravvissuta. Si sedette sui resti del fuoco e gettò via il pezzo di legno bruciacchiato. Non sarebbe stato un gran che come arma in ogni caso; probabilmente, al primo colpo che gli avesse inferto, si sarebbe sgretolato come un carboncino da disegno. Il sole, ora di un arancione più intenso, stava innescando l'orizzonte a occidente. Presto l'orizzonte avrebbe preso fuoco.

Pensò a Henry. Pensò ad Amy. Non era rimasto niente lì, ma una volta qualcosa c'era, qualcosa di straordinariamente bello come due arcobaleni gemelli sulla spiaggia, ed era bello saperlo, bello ricordarlo. Pensò a suo padre. Di lì a non molto si sarebbe alzata e sarebbe tornata a Grass Shack, da dove gli avrebbe telefonato. Ma non ancora. Ora no. Per ora era giusto stare seduta con i piedi piantati nella sabbia e le braccia indolenzite intorno alle ginocchia.

Le onde si succedevano infrangendosi sul lido. Nessun segno dei suoi calzoncini strappati o della maglia rossa di Pickering. Il Golfo se li era presi entrambi. Era annegato? Pensava che fosse l'esito più probabile, ma il modo in cui si era inabissato così improvvisamente, senza nemmeno un sussulto finale...

«Mi sa che qualcosa se lo è preso», disse all'aria che si andava spegnendo. «Credo che mi piaccia di più pensare così. Dio sa perché.»

Perché sei umana, tesoro, disse suo padre. Niente di più. E lei pensò che non ci fosse niente di più vero e più semplice.

In un film dell'orrore ci sarebbe stato il colpo di coda di Pickering: o erompendo clamorosamente dalle onde o ricomparendo ad aspettarla, gocciolante ma ancora più vivo che mai, nell'armadio della camera da letto quando fosse tornata a casa. Ma quello non era un film dell'orrore, era la sua vita. La sua piccola vita. L'avrebbe vissuta, a cominciare dalla lunga camminata claudicante fin là dove c'erano una casa e una chiave con cui aprirla nascosta in una scatoletta sotto quel brutto gnomo con il berretto rosso stinto dal sole. L'avrebbe usata e avrebbe usato anche il telefono. Avrebbe chiamato suo padre. Poi avrebbe chiamato la polizia. Più tardi, pensava, avrebbe telefonato a Henry. Le sembrava che lui avesse ancora il diritto di sapere che stava bene, anche se non lo avrebbe avuto per sempre. O, pensò, nemmeno avrebbe voluto averlo.

Sul Golfo tre pellicani scesero a sfiorare l'acqua e tornarono a levarsi guardando giù. Trattenendo il fiato, lei li guardò raggiungere un punto di equilibrio perfetto nell'aria arancione. Il suo volto – per fortuna non lo sapeva – era quello di una bambina che amava arrampicarsi sugli alberi.

I tre uccelli ripiegarono le ali e si tuffarono in formazione.

Anche se il polso gonfio le fece male, Emily applaudì e gridò: «Ehi, pellicani!»

Poi si passò il braccio sugli occhi, spinse all'indietro i capelli, si alzò e si incamminò verso casa.

Dello stesso autore

La zona morta • *L'incendiaria* • *Cujo*
• *Christine (La macchina infernale)* • *Pet Sematary*
• *Il Talismano* (con Peter Straub) • *Stagioni diverse* • *It* • *Misery*
• *Gli occhi del drago* • *Scheletri* • *Tommyknocker-Le creature del buio*
• *La metà oscura* • *Quattro dopo mezzanotte* • *Cose Preziose* • *Il gioco di Gerald*
• *Dolores Claiborne* • *Incubi & deliri* • *Insomnia* • *Rose Madder* • *Desperation*
• *L'arte di sopravvivere* (audiocassetta) • *Mucchio d'ossa* • *Il Miglio Verde*
• *La bambina che amava Tom Gordon* • *Cuori in Atlantide*
• *Riding the Bullet-Passaggio per il nulla* • *La tempesta del secolo* •
L'acchiappasogni • *La casa del buio* (con Peter Straub) • *Tutto è fatidico*
• *Buick 8* • *Colorado Kid* • *Cell* • *La storia di Lisey* • *Le notti di Salem*
• *Duma Key* • *Torno a prenderti* • *Al crepuscolo*• *Stephen King goes to the movies*
•*The Dome* • *Notte buia, niente stelle* • *22/11/'63* • *Miglio 81* (solo in ebook)
• *La forza del male (I vendicatori, Desperation)* • *Joyland* • *Doctor Sleep*
• *Un volto tra la folla* (con Stewart O'Nan - solo in ebook)
• *Mr. Mercedes* • *Revival* • *Chi perde paga* • *On Writing* (Nuova Edizione)
• *Il bazar dei brutti sogni* • *Fine turno* • *Danse macabre*
• *Sleeping Beauties* (con Owen King)
*La scatola dei bottoni di Gwendy (*con Richard Chizmar)
• *Low Men in Wellow Coats* • *The Body* • *The Langoliers* • *The Mist*
• *The Sun Dog* • *Laurie* (solo in ebook) • *The Outsider* • *Elevation*
• *Odio volare* (a cura di Stephen King e Bev Vincent) • *L'istituto*
• *A tutto gas (Bikers)* - con Joe Hill (in *A tutto gas*)
• *Nell'erba alta* - con Joe Hill (in *A tutto gas*)
• *Se scorre il sangue* • *L'uomo vestito di nero* • *Later* • *Billy Summers*
• *L'ultima missione di Gwendy* (con Richard Chizmar) • *Fairy Tale*
• *Willie lo Strambo* (racconto nella raccolta *Willie lo Strambo e altre storie*)
• *Sleeping Beauties - Graphic Novel* (con Owen King)
• *Stagioni diverse* (Nuova Edizione)

Serie «La Torre Nera»
L'ultimo cavaliere • *La chiamata dei tre* • *Terre desolate*
• *La sfera del buio* • *I lupi del Calla* • *La canzone di Susannah*
• *La Torre Nera* • *La leggenda del vento*

Come Richard Bachman

• *L'occhio del male* • *I vendicatori* • *L'uomo in fuga*
• *La lunga marcia* • *Uscita per l'inferno* • *Blaze*

Certificato PEFC

Questo prodotto è realizzato con materia prima da foreste gestite in maniera sostenibile e da fonti controllate

PEFC/18-31-226

www.pefc.it

Sperling & Kupfer usa carta certificata PEFC
che garantisce la gestione sostenibile delle risorse forestali

GRAFICA VENETA
CARBON NEUTRAL

Questo libro è fabbricato da Grafica Veneta S.p.A.
con un processo di stampa e rilegatura certificato 100% carbon neutral
in accordo con PAS 2060 BSI

Finito di stampare presso Grafica Veneta
Via Malcanton, 2 – Trebaseleghe (PD)

Prova d'acquisto
978-88-6836-122